若さま同心　徳川竜之助【十二】

双竜伝説

風野真知雄

双葉文庫

目次

双竜伝説　若さま同心　徳川竜之助

序章　弱点

一

師匠である柳生清四郎《やぎゅうせいしろう》の剣が鳴きはじめていた。

刃はゆっくりと風の向きを探りあてる。その風をとらえきったときに、刃は地上のあらゆる力に後押しされたように、宙を走る。

それが風鳴《ふうめい》の剣である。

その速さに勝てる剣はない。

――師とあいまみえる……。

徳川竜之助《とくがわりゅうのすけ》は、まさかそのような事態がやってくるとは思ってもみなかった。

「これは儀式のようなものなのですが……」

と、柳生清四郎は言った。決意を秘めたような静かな声音だった。

「はい」

「勝負の前に申し上げておきます」

「……」

「いま、この時点で師弟の間柄を断つ」

「え」

「これから戦う若とわしは、師弟ではありませぬ。同じ風鳴の剣を学び、身につけた剣客同士。したがって、二人のあいだにあるのは、勝つか、負けるか」

その言葉を聞いた途端、竜之助の脳裡《のうり》を時が駆けた。

少年の日々がよみがえった。

初めて出会った日。

「若は強くなりたいですか？」

最初にそう訊《き》かれたのではなかったか。

「もちろん」

と、答えたはずである。

「では、この国でいちばん強くなりたいですか？」

「なりたい」

「だが、それはなるのも大変なら、なったあとも大変ですぞ。それでもかまいませぬか?」

「強くなるためなら……」

強くなることが自分の切ない日々から抜け出せる道だと思っていたのだろう。

だが、それは正しかったのか。

それからかわした無数のやりとり。

この師はいつもやさしかった。武芸の師匠などにありがちな、無意味な怒声など浴びたことがなかった。逆に、苦しい稽古に嫌気が差して荒れる竜之助を、静かに見つめてくれていた。

稽古は、城内の屋敷よりも小名木川《おなぎがわ》沿いにある深川《ふかがわ》の下屋敷でやることが多かった。

終わったあとは、深川の東を流れる中川《なかがわ》のほうまで馬で駆けたり、盛り場にこそ行かなかったが、二人で江戸の町を歩いたりもした。

師というより、歳の離れた兄のような付き合いをしてくれたのだった。

——その師と……。

不思議ともいえる運命だった。

だが、これは竜之助のほうから言い出したことなのである。

「わかりました」

竜之助はうなずいた。

「柳生清四郎さまの風鳴の剣は、永遠に封印させていただきます」

竜之助はゆっくり刀を胸元に引き寄せた。


竜之助の後をやよいがつけてきていた。

ようすがおかしかった。

柳生清四郎が秩父《ちちぶ》の山からもどったと告げたとき、いつもの明るくのん気な表情にさっと影が差した。

それから、「全九郎《ぜんくろう》の墓に詣《まい》る」と言って家を出た。

やよいは気になった。胸騒ぎもした。

――あの切羽詰まった表情は何だったのだろう。

後をつけることにした。

言った通り、深川の寺にある柳生全九郎の墓に詣った。こちらを振り向いたときの顔は、何か異常な決意をしたような厳しさがあった。

ふだんは何気ない顔で、同心の仕事に駆けまわっている。だが剣客としての、いや、徳川家に伝わる秘剣の継承者としての過酷な運命が迫りつつあることは、ひしひしと感じているに違いない。

——おかわいそうに……。

徳川という重しを取り除いて、一介の同心として生きることをどんなに望んでいるか。それはやよいも痛いほどわかっていた。

それからさらに、深川のはずれへと向かった。

砂村《すなむら》の海辺だった。

柳生清四郎が庵《いおり》を結び、かつてここで風鳴の剣を学ぶ三人の少年が、全九郎に斬られて死んだのである。

——若さまは何をするつもりなのか。

ここに来た竜之助は驚くべき行動に出た。これはやよいも予想していなかった。なんと、師の柳生清四郎に立ち合いを挑んだではないか。

師と決着をつけ、風鳴の剣を封印しようというのである。

柳生清四郎の剣が風をとらえきった。その音は、竜之助自身が刀を手にしているようにわかる。いま、師は動き出そうとしている。その剣の速さに太刀打ちできるものはない。

では、どうする？

斬られるしかないのか。

――風になる。

自分自身が風になる。

それしか思いつかなかった。あとはなんの秘策もなかった。

すこし息を吸った。風になるきっかけのように。

風を受けるのではない。吹き過ぎる風になるのだ。透明に、やわらかに、やさしく……。

足が流れはじめる。背中もそれについていく。

のけぞっているのか。

柳生清四郎の剣が、激動期の抗《あらが》いがたい運命のように、ぐんぐん迫ってくるのがわかる。

胸の前にあった刀を下へ降ろす。下段からいっきに上へと撥《は》ねあげる。

すでに相手の剣先は目の前にきている。風になって後ろへ下がった分だけ、その剣から遠ざかっている。それでもまだ追ってくる。

どうあっても斬られるであろう。

だが、下からの剣がそれを迎え撃つ。

刀の峰。刃ではなく、ごついほうをぶつけて受ける。岩を斬ってみろといわんばかりに。

岩を斬れるのか。

それとも、岩は剣をはじくのか。

鋭いものが勝つのか、大きなものが勝つのか。

きぃいん。

と、鋭く剣が鳴った。

岩が刃に勝ったらしかった。

刃はへし折られて、地に落ちた。柳生清四郎の手に残ったのは、無残な刀の遺骸だった。

「風鳴の剣は叩き折りました」

と、竜之助は勝利を宣言した。

「ううっ」

「二度と使わぬとお約束いただきたい」

「承知した」

柳生清四郎は姿勢を正し、深々と礼をした。

どうにか勝利した。しかし、それは柳生清四郎の身体が十全なものではなかったためではないのか。怪我をする前であったら、敗れていたかもしれなかった。

いま、柳生清四郎が風鳴の剣を封印した。竜之助はすでに封印している。

これでもう、この秘剣を伝える者も継承する者もない。あとは二人の命が自然に消滅するのを待つだけである。

風鳴の剣はこの世から消える。

それにしても——。

戦って初めてわかった。風鳴の剣の速さというものが。

見切りよりもかなり速く剣先が届いてくる。

これほどのびてくるとは。

知り尽くしたものでなければ、容易にはかわせないだろう。

同時に——。

竜之助は風鳴の剣のわずかな欠点に気づいていた。

最後、剣の速さによってどうしても体勢が崩れる。二刀流などによって最初の太刀を受けられたあとが危ない。

それを補うことを考えれば……いや、もう風鳴の剣は封印している。

そんなことはいまの竜之助にとって、もはやどうでもいいことだった。

二

中村半次郎《なかむらはんじろう》は、ぼんやりその書物を眺めていた。

江戸からもどる途中、名古屋《なごや》の城下で購入した古文書である。

西郷吉之助《さいごうきちのすけ》に解読してもらったところによると、これはかつて八代将軍吉宗《よしむね》と、尾張《おわり》藩主徳川宗春《むねはる》とが真剣で立ち合ったときの目撃の記録だという。しかも、風鳴の剣と雷鳴《らいめい》の剣で。

いくら剣豪の話が大好きな半次郎でも、この話はとても信じられなかった。

だが、西郷はこの話を事実と受け取っていた。

その戦いの結果は驚くべきものであった。

将軍吉宗が徳川宗春の剣に敗れたというのである。

「なんと、風鳴の剣が？」

「ほれ。ここに書いてあろう……光によって目を射られた男は、目測を誤ったか、鋭い一撃をかわされた。さらに、相手の大小によって刀をはさまれたらしく、剣を高々とはじき飛ばされてしまった……」

「だが、吉宗は生きて幕政改革にも成功したではないですか」

「そうだ。さすがに止めを打つまではしなかったのだろう。だが、あの後も、この決闘は尾を引いたに違いない」

「どういうことですか？」

「宗春はのちに、吉宗の施策に徹底して反抗するのさ。幕府が緊縮財政を組んで、質素倹約を旨としたのに対し、宗春は派手な暮らしを奨励した。金をまわすことをよしとしたわけだ」

「どっちがいいので？」

半次郎はつい余計な疑問を抱いた。

「それは難しい問題さ。それよりも、宗春が堂々と吉宗に反抗できたということは、これにあった通り、風鳴の剣は雷鳴の剣に敗れたに違いない」

「ああ、なるほど」

「半次郎どん。これは使えるかもしれぬ」

西郷は遠い目をして言った。

「使える？」

「まさに、徳川竜之助と尾張の秘剣の対決ではないか」

「それはまあ」

「徳川をとことん打ちのめすためには、御三家が一体になっては困る。それぞれがばらばらで、危難に際しても協力ができぬようにしておきたい。宗家と尾張との仲がさらにこじれれば、徳川の弱体化にとっても役立つではないか」

「ですが、尾張の雷鳴の剣の遣い手が誰かはおわかりなので？」

「うむ。見当はついている。先の藩主のいとこで徳川宗秋《むねあき》という人物が、不世出ともいえる剣の達人だそうだ。尾張と江戸を行ったり来たりしているが、たしかいまは江戸にいるはずだ」

「やはり、そうでしたか」

半次郎が尾張で探り当てたのもその名前だった。

西郷の諜報網たるや驚くべきものである。

このあいだまで西郷は島流しに遭《あ》っていたが、その諜報網を駆使して、世の流れはすべて把握していたとも言われる。

「そのために人を動かすか」

「では、また、おいが」

「いや、半次郎どんには京にいてもらう」

「ですが、あの男を陰謀めいたことに巻き込むのはちと忍びない気が」

風鳴の剣の遣い手とされる徳川竜之助は、なんとも爽やかな好青年であった。力に対する慾《よく》や野心などは露《つゆ》ほども感じられず、純粋に町方としての仕事を全うしたいように見えた。

しかも竜之助は左手に大きな怪我を負い、風鳴の剣は自ら封印しようとしていた。いざとなればふたたび遣うこともあるのかもしれないが、そのとき、あいつの気持ちはひどく傷つくような気がする。

「半次郎どん。そういう気持ちはもちろんわしにもある。陰謀のようなことを厭《いと》う気持ちだ。だが、そうした気持ちを押し殺さなければ、大きな回天《かいてん》は成し遂げられぬ」

「そうでしょうな」

「ぴったりの男が江戸にいる」

「藩士ですか？」

「いや、違う。あれが藩士なら、わしはむしろ嫌悪して仕事には使うまい。面白いが、嫌な男だ。こんなときのために、江戸藩邸で扶持《ふち》のようなものを出していた。やはり、使い道はあった。うむ。あいつをぶつけて、煽《あお》りたててやろう。徳川の血筋にもともとある、互いを憎む気持ちをな」

そう言って、西郷吉之助はなんとも深みのある笑みを浮かべたのだった。

第一章　色っぽい殺し

一

徳川、いや福川《ふくがわ》竜之助は、南町奉行所に向かって歩いている。

三月の暖かな日差しが江戸の町にふりそそいでいる。昨夜、すこし雨が降ったらしい。そのかすかな湿りけが、春の大気をなおさらしっとりとさせている。

民家の庭に目をやる。遅咲きの紅梅の木に、ウグイスがとまって鳴いている。しだれ桜のつぼみがふくらみはじめている。

なんとなく色っぽい。

草木や花の色のせいだけではない。

生きとし生けるものが、何かを求めはじめている、そういう気配がある。

——春は苦手だ……。

心地よいはずなのに、苦手に思う気持ちもある。

せっかく鍛えあげている身体が、ふっと締まりをなくする。足元が危なっかしい感じもする。

それは春の色っぽさのせいなのだ。

じっさい、朝から色っぽいことがつづいた。

やよいが洗濯をしていた。竜之助はそれをじっと見ていたわけではない。朝飯を終え、出かけるにはすこし早そうだったので、庭で十手回しの稽古をしていたのである。左手は器用な動きができないので、右手でくるくると回し、さっと帯に差す。それをいかに見た目よくやるか、稽古は欠かせないのである。

そのあいだ、やよいは目の隅にあった。やがて、洗濯物を干し終えて、たすきを外してから、何か一枚だけ干し忘れがあったのに気づいたらしい。

またもどって、物干し竿にそれを干したのだが、そのとき着物の袖がさっと下まで落ち、たすきがないため二の腕のわきから胸のふくらみがちらりと見えてしまったのだ。

その色っぽいこと。

思わずどきりとして、視線を外した。

横を向いたら、ふらっとして、二、三歩よろめいた。

「あら、若さま。どうかなさったんですか？」

やよいが近づいて来ようとする。

「なんでもない。来るな」

慌てて止めた。

「まあ、ひどい」

「いや、ひどくはない。お互いのためだ。来なくていい」

軽いめまいが、訳のわからない会話になった。

奉行所に来る途中には瓦版屋のお佐紀《さき》と会った。

お濠《ほり》端に出たときである。

「よう、お佐紀ちゃん。早いね」

「昨夜、捕まったらしい上野《うえの》の火付けのことでくわしい話を訊《き》こうと思いましてね」

それはあいにくと竜之助ではなく、別の同心の活躍である。

「大変だな」

「そうでもないですよ」

そのときである。春の突風が吹いた。春風というのは、ほかの季節の風と比べて、絶対にひょうきんないたずら者である。

「いやっ」

お佐紀の着物の裾が膝上あたりまでめくれた。

「あ」

見ないふりをしたが、見てしまった。

白い足もさることながら、俯《うつむ》いて首すじあたりまでほんのり赤くなったお佐紀のしぐさと表情がまた色っぽかったのである。

右目と左目のそれぞれの奥に、二つの場面がまだ残像として映っている気がする。

やよいとお佐紀。どっちが色っぽいだろうなどと考えてしまった。

一見したら、やよいが断然、色っぽい。

だが、お佐紀もああ見えて、どきりとするような瞬間がある。

比べたりしていると、頭の中が桃色に染まってゆくような気がする。

――まずいな。

と、竜之助は思ってしまう。

春はやっぱり色っぽい。

二

奉行所に着くと、同心部屋の前で小者と矢崎三五郎《やざきさんごろう》が小声で話しているところだった。

「矢崎さまは〈竹乃屋《たけのや》〉をご存じで？」

「もちろん知ってるさ。あそこは五人が五人ともいい女ぞろいなんだ」

「お座敷にも呼んだりしたことが？」

「馬鹿言え。あそこの女たちの揚げ代ときたら、いくら取られるかわからねえ。おれたちなんぞが呼べるわけがねえ。だが、今日は仕事だしな。うへっ」

矢崎の顔がやけに艶々《つやつや》した感じである。嬉しそうににんまり笑ったりする。なにかいいことでもあったらしく、

「こいつは春から……」

矢崎は役者の台詞《せりふ》みたいな声を出した。次は「縁起がいいわい」だろうと予想したら、

「眼福じゃのう」

と、きた。

「矢崎さん、どうしたんですか？」

と、竜之助は声をかけた。

「ああ、福川か。いま、報《しら》せが入ったんだが、日本橋浜町《にほんばしはまちょう》の芸者が殺されたらしい」

「え、いま、殺しがあったという話をしていたんですか？」

「そうだ。なんだと思った？」

「嬉しそうにしてたので、いい報せでもきたのかと」

「嬉しそうにしてたか？」

「はい。でも、そんなことより、早く浜町に駆けつけましょう」

と、竜之助は腕まくりをした。

すると、矢崎三五郎が、

「福川、おめえはいいや。市中を一回りして来てくれ」

「市中は昨日、一通り回り終えてますし、人手が足りなくなるかもしれませんから」

「まあ、でも、若い者にはあまり見せないほうがいい現場みたいなんだ」

「いや、わたしはどんなに惨《むご》たらしい現場であっても、決して目を逸《そ》らしたりはしませんから」

「ま、あとでどうしてもということになったら小者を呼びに来させるから、おめえはここで待っていろ」

そう言って、どこかいそいそしたようすで出て行った。

殺しの現場に駆けつける態度ではない。

矢崎は先日、腹を斬られる怪我をしたが、幸い浅手で傷もすっかり癒《い》えたらしい。

「なんだろう、あれは？」

竜之助が首をかしげると、ちょっと離れたところにいたやはり定町廻り同心の大滝治三郎《おおたきじさぶろう》が、

「殺されたのは芸者で、そのようすたるやひどく色っぽいんだとさ」

と、言った。

「それであんな嬉しそうな顔を……矢崎さんも不謹慎ですよねえ」

竜之助は呆《あき》れてしまった。

三

竜之助はまず同心部屋の机に向かい、昨夜起きた長屋の夫婦喧嘩の仲裁について報告書を書きはじめた。

最初のうちは、近所の住人や大家が集まってとめようとしたが、どうにもとまらない。ついには番屋に駆け込み、町廻りの同心まで呼び出されるに至ったのである。

幸い、竜之助が駆けつけて話を聞くうちに落ち着きはしたが、

「この夫婦は毎年、春になると、一度はこんな派手な喧嘩をおっ始《ぱじ》めるんです」

とのことだった。

報告書は、喧嘩のようすが面白かったので、そこは台詞入りでくわしく書いた。こんな具合である。

「てめえ、おれを誰だと思ってんだ?」

「お、おれの女房じゃねえか」

「おれの女房だぁ?　ふざけんな。女房というからには、きちんと銭を持ってき

て、うまいものを食わせ、きれいなべべを着させ、ゆっくり寝かせてやって初めて女房って言えるんだ。ろくな稼ぎもないくせに、おれの女房だなんてぬかすんじゃねえよ」

そう言って、横っつらをげんこで殴った。

「あ、やったな。この野郎」

大工の寅吉《とらきち》は泣きながら応戦したが、とてもかなわない……。

たぶん、上司にはくだらないことまで書くなと言われるだろうが、そのときは線を引いて消すだけの話である。

報告書を書き終え、さて町廻りに出かけようかと思ったとき、さっき矢崎といっしょに行った小者が駆け込んできた。

「福川さまはまだおられますか？」

「おう、いるよ」

「矢崎さまがお呼びです」

「え？　おいらは来なくていいって言ってたぜ」

「現場を見ているうちに、だんだん無口になりまして、福川を呼んで来いとおっしゃいました」

「そうなのかい」

結局は、竜之助も駆けつける羽目になった。

奉行所の前に待機していた文治《ぶんじ》も連れていく。

浜町というのは、浜町堀が流れるあたりを示す古い呼び名である。町名でいうなら高砂町《たかさごちょう》にあたる。

元吉原《もとよしわら》の一画だが、遊郭の名残りはない。しかし、どことなく艶っぽい町並である。

芸者の置屋である〈竹乃屋〉は、通りをちょっと入ったところに冬眠中の亀みたいにひっそりとあった。

矢崎三五郎はその玄関口に立ち、腕組みしながら竜之助の来るのを待っていた。さっきの元気とはうって変わって、疲れたような顔をしている。鼻の下にこびりついているのは鼻血の痕《あと》ではないか。

「矢崎さん」

「おう、すまねえな。なんだかおかしな事件になりそうで、これは早めに珍事件担当のおめえを呼んだほうがいいと思ってな」

「この家の連中の話は一通り聞いたが、さっぱりわからねえ。どうも頭が馬鹿になっちまったみてえだ」

「何があったんで？」

「ま、とにかく現場を見てくれ」

と、矢崎は竜之助を押し出すようにした。

玄関の左に帳場みたいな狭い部屋がある。廊下が右手に伸びていて、入ってすぐが茶の間のようになっている。遺体があるのは、その隣りらしい。

「女将《おかみ》が豆腐屋に行ってて、もどって来たら、こんなことになってた。おいらはもういいや。おめえ、見てくれ」

矢崎は隣りを指差した。

いったい何があるのだろうと、さすがの竜之助も気味が悪くなって、恐る恐る中に入った。

「こ、これは……」

女が裸で横たわっていた。

素っ裸ではない。赤い腰のものはつけているが、それが割れるようにめくれて、内ももあたりまでのぞいている。上半身は裸で、豊かな乳房は丸見えになっている。

「あ、これは」

竜之助は思わず手で目隠しをした。

「旦那、仕事ですぜ」

後ろで文治が言った。

「あ、そうだっけ」

目隠しをはずし、一歩近づいた。

「死因はなんだ、文治？」

と、訊いた。うまく焦点が合わないのだ。

「首を絞められてますね」

「首か」

顔を近づけ、全身が目に入らないようにして首のところだけを見た。

たしかに首に紐《ひも》がかかっている。

遺体からは白粉《おしろい》やらなんやらのいい匂いが立ちのぼっている。これが本当に死体というものなのか。

「ちょっと待ってくれ」

竜之助がいったん外に出て、何度か深呼吸をしていると、

「まいったなあ。いやあ、ほんとに色っぽいですねえ」

文治も出てきてそう言った。

「不謹慎だが、あれはちょっとまずいな」

「着物を軽くかけておきましょう」

「それがいいや」

文治が先に入って、衣紋《えもん》かけにあった着物を胸のあたりまでかけた。それでもまだ、いくらかの色っぽさは漂っている。

「ちょっと誰か話を……」

振り向くと、廊下から芸者たちが不安げにこっちを見ていた。

四人いる。

いずれも薄い襦袢《じゅばん》に細い紐をつけただけで、こっちはこっちで色っぽい。こういうときはすぐに喪服にでも着替えて出てきてもらいたい。

「この遺体の名前は？」

「春奴姐《はるやっこねえ》さん」

と、いちばん前にいた芸者が答えた。

「仲間なんだな？」

「ええ。この置屋には芸者が五人いて、そのうちいちばん歳がいった姐さんです。それでもまだ三十二ですけど」

「裸だが？」

「湯上りだったんです。化粧中に紐で首を絞められたみたいです」

部屋の向こうには庭がある。

「こっちに逃げたかな」

と、庭をのぞいた。そう広くはないが、小石が敷き詰められ、植木鉢がいくつも並んでいる。

「そっちは塀で囲んであるので逃げられません」

「じゃあ、玄関からか？」

竜之助が訊くと、受け答えしていた芸者が、

「お母さん。そっちを誰か逃げてった？」

「いいや。あたしゃ見てませんよ」

「じゃあ、この中にまだいるってえのか？」

竜之助は女四人を見回した。

「あら、いい男」

「ほんと」

「この方が噂の同心さまでしょ」

「あ、そうね」

口々につぶやいている。

頭がくらくらしてくるのに耐えて、

「悪いが、一人ずつ名前を教えてくれねえか」

「はい、あたしは梅奴《うめやっこ》です」

「菊奴《きくやっこ》です」

「とし奴《やっこ》です。こんなときじゃなかったら、売り込みたいんだけど」

「ぶた奴《やっこ》です」

「ぶた奴？」

かわいそうな名前だが、しかし、見た目はいちばんかわいい気がする。

「じゃあ、ここではなんだから、隣りの部屋で話を訊かせてもらいてえんだ」

「はぁい」

「ただ、その恰好《かっこう》じゃなんだから、着物をはおってきてくれ」

と、竜之助は言った。

透けるまではしないが、薄い生地らしくなんとなく身体のかたちが見えている気がする。

「お母さん、着物だって」

「あら、いま、お天道さまが出てるので干してるんだよ。おあいにくさま」

しょうがない。

竜之助は四人を座らせると、ちょっと斜めのほうを見たまま質問を始めた。

四

「大丈夫ですかい、旦那。顔色が変ですぜ」

四人の尋問を終えたばかりの竜之助に、文治が訊いた。

「青いかい？」

「いや、青いというよりは、のぼせたみたいで」

「なんか、疲れちゃったよ」

「あの色気ですからね」

女たちも春奴が殺されたという事実がだんだん現実味をともなってきたらしく、二階で休みたいと席を外してしまったのだ。

「でも、話のほうはちゃんと書き留めたから大丈夫だ」

と、いつも持ち歩く手帖を見た。もっとも、ふだんはこんなに書き留めたりしなくても頭に入っている。今日は不安なので、こまかいところまで書いておいた。

「まず、春奴が殺されたと思《おぼ》しきときだが……」

梅奴は、湯から上がって身体が火照《ほて》るので、二階の物干し台で涼んでいた。

菊奴は、やはり二階に上がり、このところ飲んでいる漢方薬を飲んでいた。

とし奴は、厠《かわや》に入っていた。

そしてぶた奴は、まだ湯に浸かっていた。

「要するに、誰でも春奴のところに近づくことができたわけですね」

「そうなんだ。しかも、ほかの女には気づかれずにな」

そう言って竜之助は腕組みをした。

やっかいな事件になりそうである。加えてこの事件には独特のむんむんもやもやした気配が漂っている。

「春奴はとくに誰かに恨まれていたようには見えないと言ってましたね」

「ああ、そうだったな」

四人とも、春奴はおっとりした性格で、誰かの恨みを買うなどというのは信じられないとのことだった。

「ただ……」

と、梅奴が俯いたのだ。

「どうしたい？」

「こんなこと、関係あるのかどうか」

「なんでも言ってみてくれよ」

催促して聞き出したところでは――。

玄関わきの六畳間に並べてあった芸者衆の五丁の三味線《しゃみせん》の糸が、今朝、見てみたら、全部切られていたのだという。

「三味線の糸が？」

「はい」

「まだ切れたままかい？」

と、いまも並んでいる三味線を見てみたが、ちゃんと張り換えてあるらしかった。

「あれはもしかして、殺しと関係があったのではないかな」

竜之助は手帖を見ながら言った。

「どんな関係があるんでしょうか?」

文治が訊いた。

「やっぱりいじめは無視できねえよな」

「そうですよね」

「でも、女たちは仲がよかったと言ってたよな」

「ええ。あれは嘘だったんですかね」

「だが、いじめだったら、一人の三味線の糸だけ切られるよな。あれは、五人全員の糸が切られていたというんだぜ」

「たしかに」

竜之助と文治は腕組みをして考え込んだ。

矢崎がのっそり顔を出した。

「どうだ、福川? 下手人はわかったか?」

「そんなに早くわかりませんよ。それより、矢崎さんこそどこに行ってたんですか？」

「おれはなんだか頭がくらくらしてきたからさ、そこの堀のところに出て川風に当たってたんだよ」

「おいらも行きたいですよ」

「何言ってんだよ。こういう事件こそ、若いやつが必死で追いかけるべきなんだ」

「えっ」

奉行所を出るときは反対のことを言っていなかったか。

「まかせたぜ」

「むずかしい事件ですよ」

「そりゃそうだ」

「殺された春奴は誰にも恨みを買うような性格ではないし、芸者たちは互いに仲がよく、このなかの誰かがそんなことをするなんてありえないと」

「そんなわけはねえんだ。女の世界なんざ、どろどろして腐った鍋物みたいになってるんだ。ま、そこらを探ってみるこった」

矢崎はさっと踵《きびす》を返した。

五

いつになく疲れて八丁堀の役宅に帰って来たが、夕飯を食うとどうにかしゃきっとしてきた。

自分の部屋に入って、読みかけの戯作《げさく》に目を通そうとすると、

「こちら、同心の福川さまのお宅でしょうか?」

やけに色っぽい口調が聞こえた。

聞き覚えがある。

「げっ」

慌てて玄関先まで出た。

やはり浜町の置屋の芸者、ぶた奴だった。

お通夜の席を抜けて来たらしく、地味な着物ではあるが、それでも色気は匂い立つようである。

「すみません。こんな遅くにお宅にまでうかがいまして」

「いや、なに」

隣りにいたやよいの顔をちらっとうかがうと、やけに無表情である。

「よく、ここがわかったね？」

「はい。お座敷を利用していただいている与力の青山《あおやま》さまにお訊きして」

「なるほど」

同心と違って与力ともなると、そうした場所には始終、出入りするらしい。ただ、味見方与力を自称する高田九右衛門《たかだきゅうえもん》に限ると、そういう席は少ないみたいだが、あの人の場合は人柄に問題があるのだろう。

「それで、お通夜の席で姐さんたちといろいろ話をしているうちに、ちょっと気になる話を思い出したのです。話しているうち、これは早いとこ福川さまにお知らせしたほうがいいと」

「おう、そいつはどうも」

「それで四人でジャンケンをして、勝った者がお宅におうかがいするということになりました」

「負けた者じゃなくて、勝った者がかい？」

「もちろんです。福川さまのお宅にうかがえるとなったら、みんな必死でしたよ。わたし、ジャンケンは強いんです」

と、ぶた奴はこぶしを握ってみせた。

ある。

「じゃあ、ちょっと上がってくんな」

玄関わきの部屋に入れると、やよいがお茶を持ってきた。まだ無表情のままで
「ご新造さまですか？」

と、ぶた奴が訊いた。

「ご想像におまかせします」

やよいは澄ました顔で言った。

「え」

否定したいが、そうすると、なにか悪いことが起きそうな気がした。

「そんなことより何だい、気になる話ってのは？」

「じつは、ちょっと前のことなんですが、浜町界隈《かいわい》のお座敷に出ている芸者たちの長唄の会があったんですよ」

「うん」

「そこに、浜町芸者ではぴか一の芸の持ち主と言われる松吉《まつきち》姐さんが出たんです。あたしたちは五人でひとからげなんですが、松吉姐さんほどになれば一人舞台です。そのときに、ばちで弾いた途端、三味線の糸が三本いっぺんにぷつんと

切れましてね」

「へえ」

「松吉姐さんはすっかり動揺し、舞台で茫然《ぼうぜん》としてしまったんです。あたしたちだったらへらへら笑ったりして、三味線なんかほかの人のものを借りて、適当にごまかしちゃいます。でも、松吉姐さんのように、三味線の腕が看板になっているると、そうはいかないんですね。お客のほうも、身を乗り出すようにして待っているところでしたから、しーんと白けちゃったりして」

「かわいそうにな」

「当人にとっては大恥だったんでしょう。その夜、お風呂場で手首を切って自殺してしまいました」

「なんと」

「もしかして、今度のことは、あのできごとと関係があったのかもしれないって」

「なるほど。そいつはたしかに気になるできごとだね」

「不自然なできごとだったんです。だって、糸なんてあんなふうに突然、三本とも切れるなんてことはありませんよ」

「へえ。ばちになんか細工でもしてあったかい？」

「あたしたちもそれを疑いました。それはなかったみたいです。やっぱり、糸のほうじゃないかなんて言ってた人はいました」

そのあたりは聞きかじりのような話らしい。

「その場にはあんたも？」

「はい。あたしたち五人は松吉姐さんの次に出ることになっていたので、楽屋ではいっしょに出番を待っていました」

「春奴も？」

「もちろんです」

「わかった。明日、もっとくわしく調べてみるよ。わざわざ報せてくれてありがとうよ」

「いいえ。じゃあ、お休みなさい」

ぶた奴は、やよいにもにっこり笑みを見せて、帰って行った。

「まだ、若いのに、ずいぶん色っぽい芸者さんでしたね」

やよいは無表情のまま言った。

だが、色っぽさにかけては、やよいはあの芸者衆のなかに入ってもまったくひけを取らないはずである。

「だが、あの子はかわいそうな名をもらってるんだぜ」

「何というんですか？」

「ぶた奴というのさ」

「ぶた奴？」

「かわいそうだろ」

「若さま。そういう名は、逆に自分に自信があるからこそつけられるんですよ」

「そうなのかい？」

「あたしだって、自分に自信があれば」

「え？」

よくわからないことを言った。

「自信がないのかい？」

「子どものころから、武芸にばかり励んで色気がないって親から言われたもので、なんとか色気を出すように努力してるんです」

「そうなのかい」

やよいの色気は天性のものかと思っていたが、努力の結果らしい。わからないものである。

そういえば、田安《たやす》家の用人の文倉辰右衛門《はせくらたつえもん》がやよいというのは本当の名前じゃないなんて言っていたが、そのことだろうか。

六

昨夜の松吉姐さんの話をくわしく訊くために、竜之助はもう一度、文治とともに浜町の〈竹乃屋〉へ行った。

出てきた女将はすまなそうな顔で言った。

「申し訳ありません、旦那。あの子たち、昨夜のお通夜にはお得意さまたちもいらしてたので、遅くまで話し込んだりしていたんです。それで、疲れきったらしく、まだ眠っているんですよ」

そういう女将も、ぐったり疲れた顔である。

「ああ、そうだろうな。いいよ、起きるまで待ってるよ」

「あいすみません。あと半刻（一時間）ほど寝かせてください」

「かまわねえよ」

「あ、それから葬儀をおこないます。これはもう、かんたんに済ませますが、さらにもう半刻ほどして」

「うん。じゃあ、一刻（二時間）ほどだな。わかった、また来るよ」

と、表に出たけれど、一刻というのはけっこう長い。

「文治、どうしようか？」

「この近くに芸者の世界にやたらくわしい旦那がいるんです。話を訊きに行きましょうか？」

「おっ、そいつはいいね」

「ただ、自慢が多いから、そこらは勘弁してくださいよ」

「自慢なんざどうってことないよ」

その旦那は、人形町《にんぎょうちょう》で軍鶏鍋《しゃもなべ》の店をやっていて、たいそうな繁盛ぶりである。頭が禿《は》げあがった五十くらいの男で、軍鶏鉄《てつ》と綽名《あだな》され、「知らない芸者はいない」と豪語しているらしい。

店ではうるさくて話にならないので、裏庭のほうへ回って話を訊いた。

「ああ、竹乃屋の春奴のことかい？　おいらも通夜に顔を出してきましたよ。かわいそうになあ。春奴はおいらに惚れてたんですぜ」

真面目な顔で言った。

「竹乃屋の芸者は皆、おいらにぞっこんですよ」

竜之助が文治を見ると、そっとうなずいた。これが例の自慢らしいが、自慢というよりはホラと言ったほうがよさそうである。


「だいたい竹乃屋ってえのは、芸者をしていたあそこの女将が始めた置屋でね。女将はいまでもいい女だけど、あれがまた、いい女を見つけてくるんだね」

「たしかに」

「面倒見もいいんですよ。芸者にあげるお金も、よそよりはずいぶんいいんです。だから、内証《ないしょう》のほうはけっこう大変らしいね。おいらなんかあそこの芸者を呼ぶときは、花代に遠慮はいらないって言ってるんだがねえ」

「そいつは豪気なもんだ」

この自慢はちょっと疲れるかもしれない。

「ところで、松吉という芸者が、三味線の糸が切れたのを気に病んで、自殺してしまったという話は知ってるかい？」

「もちろんですよ。松吉もおいらに惚れてましたから。そんなに気に病むようなことでもなかったのに、かわいそうでした」

「その糸なんだが、誰かが細工していたってことは考えられるかね？」

「ああ、そういううわさはありました。でも、どうかねえ」

「旦那はそう思わねえと？」

「松吉ってのは、腕は素晴らしいが、ばちさばきが荒いんです。それだけ力を込めてるってことでしょうが。だから、お座敷でも糸が切れるのはよくありました」

「そうなのかい」

「しかも、舞台に上がるってんで、前の晩はおそらく徹夜で稽古したでしょう。糸も弱っていたはずです。それで、いったん休ませて、いきなりびーんとやったら、切れてもおかしくはないんですよ」

「なるほどな」

　このあたりの話はなかなか参考になる。

「松吉も軍鶏鉄さんに惚れてたとして、ほかにいい人はいなかったのかね？」

「ああ、悔しいけどいましたね。人形町の呉服屋〈三原堂《みはらどう》〉の若旦那です。こいつはなよっとしてるが、なかなかいい男でね。おいらの次くらいには惚れてたんじゃねえですか」

その言い方に、笑うのを我慢した。

「ところで、その松吉と竹乃屋の芸者衆とは、仲がよかったり悪かったりしてたのかね？」

「松吉と竹乃屋？　それはまったく関係ないね」

自信たっぷりに言った。

「そうなのか？」

「松吉ってのは男名前でもわかるように、元は深川芸者で、川向こうからのしてきたんです。竹乃屋のほうは女将からして浜町芸者でさあ。ああいう舞台でたまさかいっしょになっただけで、まったく縁はないはずですよ」

「ふうん」

どうもこの旦那の話を聞く限りでは、二つのできごとは関係なさそうである。

だが、この旦那の話はかなり眉つば気味のところもある。

そのあと、事件には関係のない芸者の世界のうわさ話をたっぷり聞かされ、いささか疲れ果てて退散したのだった。

七

竜之助と文治は、〈竹乃屋〉にもどってきた。

まだ陽は高い。

遺体は運び出されたあとで、芸者たちはいま湯に入っているところだという。

隣りの部屋で待っていると、なんとあいだの戸はすだれのようなつくりで、向こうのほうは陽が差すのでこっちから透けて見えるのである。

芸者衆は見えているとはわからないらしく、襦袢の前もろくろく合わせないで、出たり入ったり、化粧を始めたりする。

「旦那、見えちまいますね」

「まいったな」

庭ではウグイスが鳴いている。

ぼおっと暖かい天気である。

眠気でも催してくれればいいが、そちらはあまりやってこない。なんだか自分でも目が爛々《らんらん》としているような気がする。

「咳払いでもしてみようか」

「あっしは別にかまわねえんですが」

「おいらもかまわねえって言えばかまわねえんだが」

何となく卑怯《ひきょう》な気がするのだ。

鼻の奥がむずがゆくなったなと思ったら、

「旦那。鼻血が」

文治が懐紙を差し出してくれた。

「おう、すまねえ」

「大丈夫ですかい？」

「なんとかな。ただ、頭の調子はあまりよくねえ」

さっきから考えようとしているのだ。

三味線の糸が切れて自殺してしまった松吉の事件。

三味線の糸を全部切られたあとで起きた春奴の事件。

この二つは本当に関係があるのだろうか？

関係があるとすれば、松吉の三味線の糸が切れたのは春奴のせいで、何者かが仇を討ったのだろうか。

だが、軍鶏鉄の話では、松吉とここの置屋の芸者衆とはほとんど縁がないらしい。もしかしたら、誰かが松吉の妹だったなんて、隠された秘密でもあるのだろうか。

——うーん、どうなってるんだ……。

なんだかここにいると色っぽすぎて頭が働かない。

「文治。ちょっと待っていてくれ」

竜之助は勢いよく立ち上がった。

——こういうときは座禅だろう。

と、竜之助は天啓のように思ったのである。

静かに座る。何も考えない。そのとき、ちっぽけな自分がこの世と一体になる。

死でもなければ生でもない。煩悩《ぼんのう》など入り込む余地はない。

本郷《ほんごう》の大海寺《たいかいじ》に向かうことにした。

境内に入ると、雲海《うんかい》和尚が本堂と母屋《おもや》のあいだの廊下を飛ぶように走っているところが見えた。さすがに禅坊主の走り方は、どことなく人間離れしている。仙人が万引きして逃げているふうにも見える。

「和尚」

と、声をかけた。

「あ、なんだ、福川」

慌てた気配がある。

「いや、どうも、春先は迷いが多くて」

「お前はいつだってそうだろう」

「そうなのですが、とくに多いので、やはりここは座禅で煩悩を追い払おうと思いましてね」

「いまか？」

「ええ、まずいですか」

「まずいわけではないが」

だが、やっぱり何か違う。じいっと雲海を見た。

そういえば、頭をきれいに剃っている。いつもはだらしなく伸びていることが多い。袈裟《けさ》もいつものぼろっちいのとは違う。うっすらと透けて、しかもぴかぴか光っている。こんな袈裟は初めて見る。

「葬儀をやっているようには見えませんが」

「うむ。葬儀はない」

「狆海《ちんかい》さんは？」

「あれはいま、裏庭のほうに行っている」

「裏庭に……」

そこはこの寺の数少ない自慢である。四、五坪ほどの小さな庭だが、枯山水につくられていて、独特の風情《ふぜい》がある。あそこの前で座禅をしたいのだが、悟りを開くまでは駄目だと、和尚がさせてくれないのだ。

「都合が悪いなら帰りましょうか？」

竜之助はちょっと気を悪くして言った。

「そんなことはない。ただ、何か起きても、邪推したり、あらぬ誤解をしたりせぬようにな」

何を言っているのかさっぱりわからないが、

「では」

と、座ることにした。

今日はとくにいい調子ですうっと無念無想の境地に入っていけた。

遠い空に浮いているような心持ち。何があっても乱されない。これで、昨日からつづいていたもやもやした気持ちも払拭《ふっしょく》することができるだろう。

ところが、どれくらい経ってからか。本堂が急に騒がしくなってきた。

せっかくの無念無想の世界に、人の声がぞろぞろ入ってくる。

どうやら雲海和尚のところに客が来ていたらしい。

「いえーす、禅。いえーす」

うわずった声でわめいている。

「ぐしゃ、ぐしゃ」

などとも言っている。そっと目を開けると、竜之助を指差しているではないか。「ぐしゃ」とは、愚者のことか。

しかも、雲海と狆海の前には、異国の女が二人立っているではないか。

金髪の美人と、金髪の愛らしい少女である。

雲海と狆海は完全に上っ調子になっている。顔は上気し、なぜか二人ともつま先立ちになっている。そのようすはそっくりで、本当は親子なのではないかと思ってしまうほどである。

竜之助は立ち上がり、

「気が散ってまるで没頭できないので、帰ることにします」

嫌みたらしく言ってやったが、雲海も狆海もまるで聞いているようすはなかった。

八

座禅こそうまくいかなかったが、それでも浜町から本郷まで往復してくると、だいぶ足を使う。

煩悩に押しつぶされそうなときは、肉体を酷使してみる。

これは、竜之助が経験で学んだことである。意外に煩悩は汗といっしょにきれいさっぱり流れ去ったりするのだ。

このときもそうだった。

「待たせたな」

と言って、ふたたび置屋にやって来た竜之助の顔は、さっきまでと違ってきりっとしている。

芸者たちはもう今日からお座敷に出なければならないという。予定が入っていることなので仕方がないのだろう。

その芸者衆が化粧をしている真ん中に、竜之助が座った。

「松吉姐さんの三味線の糸が切れた事件だが、おいらはやっぱり春奴が殺されたことと関係はあると思うのさ」

四人の鏡の中の顔を眺めながら竜之助は言った。

「まあ」

「そうですよね」

「怖い」

などと、それぞれの感想が聞こえた。

「おそらく下手人は、竹乃屋の芸者の誰かがやったと思っている。それを特定するために松吉の身に起きたことを五人にもしてみた。三味線の糸を切ったわけさ。それで、後ろめたいことがある者なら、独特の反応があるだろう――そう思って観察した」

「………」

四人は化粧の手を止め、竜之助の言葉に耳を傾けた。

「あの朝、春奴の取った態度に、下手人は怪しいものを感じ取ったのだろうな」

「怪しい態度ですか？」

ぶた奴がつぶやいた。

「それで下手人が松吉を死に追いやったやつだと確信し、殺してしまったというわけさ」

「春奴姐さん、何したんだろう？」

「ほんとね」

「誰か見てた？」

「そう言えば、お線香を焚《た》いたね」

と、梅奴が言った。

「え、お線香を？」

「うん。春奴姐さんにしては珍しいなって思ったんだ」

「それだな」

と、竜之助は言った。

「それって？」

「線香を松吉姐さんに手向《たむ》けたと思ったんだ」

春奴は松吉にしたことを思い出した。その罪の意識から松吉に対して慌てて線香を手向けた……そんなふうに思ったのではないか。

「だったら、違うよ」

ぶた奴が大きな声をあげた。

「どうしてだ?」

「だって、あの日は春奴姐さんの死んだお母さんの命日だったんだもの」

「えっ」

「あの日、聞いたんだ。命日だって。それから、早くお墓を立ててあげたいんだけどって」

ぶた奴がそう言うと、

「じゃあ、大変よ」

と、菊奴が言った。

「大変て?」

「だって、それは下手人が間違えて殺したことになるんじゃない?」

「ほんとだ」

ぶた奴は青くなった。

「ということは、まだ狙われる女がいるよ……」

梅奴が言った。

「早く下手人を見つけないと、二人目の犠牲者が出るのかも……」

菊奴がつぶやいた。

「でも、それは松吉姐さんにあんな意地悪をした人ってことだよね……」

とし奴が泣きそうな声で言った。

芸者たちは互いの顔をちらちらと見ている。この中に、その下手人がいるのかという疑念と恐怖がにじみ出てきていた。

「いや、ほかにも考えられるな」

と、竜之助は小声で言った。

「どんな？」

隣りにいた文治が訊いた。

「返り討ちにあったのかもしれねえよ」

春奴が、松吉に意地悪をした者を突きとめ、問い質《ただ》そうとしたら、逆に殺された。それだってなかったとは言いきれない。

「なるほど」

「どっちにしろ、まずいのさ」

竜之助は四人の顔を一通り見た。

こんなときだというのに、やはり色っぽい。

次の殺しを牽制するために泊まり込むと、色香《いろか》で病気になりそうだった。

九

そろそろ芸者衆はお座敷に出る刻限である。

竜之助と文治は外に出た。

暮れ六つ（午後六時）が迫っている。あたりの景色が薄青く染まりはじめている。

竜之助はいま出てきた家を振り返った。

玄関口に招き猫が飾ってあるのが見えた。首にかけられた金色の鈴がかすかに光っていた。

「あ、そうか……」

竜之助の顔が輝いた。

「旦那、どうしたんです？」

「文治。おいら、あやうく肝心なところを見逃すところだったぜ」

「何がです？」

「殺しの理由ってのは、恨みつらみが多いよな」

「ええ」

「今度もてっきりそれだと思ってた」

「違うんですか？」

「殺しの理由はほかにもあるだろ？」

「あとは金ですね。もしかしたら、こっちが原因になっているほうが多いかもしれませんぜ」

「そうだよな。おいら、今回はそれをてっきり忘れていた」

「金が理由ねえ？」

文治はますますわからなくなったような顔である。

「文治、おかしいと思わねえか？」

竜之助は腕組みをしたまま文治を見た。

「何がです」

「ここはやけに色っぽいんだよ」

「そりゃあ芸者の置屋ですから」

「それだけじゃねえ。まるでつくられたみたいに、色っぽい場面に案内されている。死んだ春奴の遺体の色っぽさもただごとではなかっただろ？」

「あれは凄《すご》かったですね」

「それだけじゃねえ。話を訊こうとやって来るときも、あの女たちのやたらと色っぽい場面に遭遇してしまう」

「はあ」

「おかしいのさ」

「言われてみるとそんな気も」

「いま思うと、あの春奴の遺体も変だぜ」

「何がです？」

「首を絞められて死んだんだ。さぞ苦しかっただろう。恰好だって、苦しさがにじみ出ていてもよさそうだ。それが、裸の色っぽさが強調されるような恰好になっていた」

「どういうことで？」

「あとから細工したのさ。たぶんつけていた襦袢を脱がし、遺体を動かして、いちばん色っぽいかたちにした」

「へえ」

「芸者衆の話を聞くときも、湯上がりの女たちが見えるような場所に座らされ、話を聞くことになった」

「さすがの旦那もふらふらしてましたからね」

「あれも、そういうふうにしたのさ」

「何のために？」

「おいらたちを色香に迷わせ、その色香の中に隠れようとするやつだよ」

「え？」

「もしかしたら、矢崎さんが来ると見込んでいたのかもな。ここらは矢崎さんの担当だから、来るのが当たり前だ。そして、色香に迷いやすいってえのも計算に入れてたってわけさ」

「誰がそんな？」

「いいか。この殺しには、おそらく外のやつがからんでいる。このなかの恨みつらみが起こさせた殺しじゃねえ。松吉の周辺をもう一度、洗ってみようぜ。軍鶏鉄が言ってた、自分の次に惚れてた男ってえのを」

「わかりました」

それは人形町の〈三原堂〉の若旦那だと言っていたはずである。

十

三原堂の若旦那は、軍鶏鉄が言っていたように、なよっとしていた。静かに座っていても、踊りでもしているような気配があった。

座ったところの後ろに人形が置いてあった。芸者姿の美しい人形である。

「松吉のことを訊きたいんだが」

竜之助がそう言うと、若旦那はその人形を指差したのだった。

「これは松吉ですよ」

「これが？」

「松吉そっくりにつくってもらったんですが、魂が入りました。松吉の死んだ魂がちゃんと入ってくれました」

真面目な顔でそう言った。

「じゃあ、その松吉の霊が見ているところで話してもらいてえんだが、あんた、もしかして松吉は殺されたというように思っちゃいねえかい？」

「殺されたんですよ」

当たり前だろうというように若旦那はうなずいた。

「自分で手首を切ったんじゃねえのかい?」

「松吉は誇りにしていた三味線の芸を、何者かに邪魔されたんです。生きがいを踏みにじられたんです。あれが、どんなに必死で芸を磨いたかわかりますか? あの日だって、一睡もせず、ぶっ通しで稽古をして、舞台にのぞんだんです。それがあんなことをされて……殺したと同じことじゃありませんか?」

「もしかして、当たりもついてるんじゃねえのかい?」

「はい。あのあとに控えていたくだらない芸者のうちの誰かですよ。ろくな芸もないくせに、他人の芸には焼きもちを焼くんです。その手の人間って、この世にいっぱいいるでしょ? 努力はしたくない。でも、他人の成功は認めたくないって人は」

「まあな」

だが、それで本当に足を引っ張ったり、ひどいことまでするやつは多くない。

「誰かはわかったのかい?」

「いいえ」

「わかったら、殺してやりたいくらいか?」

「もちろんです。やれるものならやりたいですよ」

「やれるさ」

「あいにく忙しくてね。ずっとこの帳場にいなくちゃならないんですよ」

じっさい、客はひっきりなしである。

「なあに、人を頼めばいいんだよ」

「そんな都合のいい人がいればいいんですが」

と、微笑んだ。

なんとも薄気味悪い笑いである。

「あんた、頼んだんだよ」

「頼みませんよ」

「次に会うときは、あんたは牢の中かな」

そう言って店を出た。

急ぎ足で人形町から浜町へと引き返した。

「福川さま、いったい、誰に頼んだんですか?」

文治が歩きながら訊いた。

「まだ、わからねえかい。ずっと最初からいたのに、若い女たちの色香の中でくすんでしまった女がいるだろうよ」

文治が口を開けた。

「あ」

十一

竜之助と文治はふたたび〈竹乃屋〉にもどってきた。

女将は玄関わきの小部屋で、小さな明かりの下、つくろいものをしているところだった。

「よう、女将さん」

「あら、同心さま」

「ちっと話が訊きてえんだ」

「じゃあ、だいぶ待ってもらうことになりますよ。あの子たちがお座敷を終えるのはまだまだですから」

「いや、いいんだ。今度はあんたの話を訊きに来たんだから」

「あたしの話なんか訊いたって仕方ないでしょう」

女将はそう言って、またつくろいものに目をやった。

「それがそうでもねえ」

そう言って、竜之助は玄関口に腰を下ろした。文治は立ったまま、外の通りを眺めている。

「春奴が殺されたとき、女将さんは外に豆腐を買いに行っていた」

「はい」

「矢崎さんに言われて、おいらもそれを鵜呑《うの》みにしちまった。なんせ、あの色っぽい雰囲気だもの」

「……」

「矢崎さんも最初っからめろめろだったもんな。あんた、矢崎さんが色気に弱いってことは知ってたんだろ？」

「何をおっしゃってるのか」

女将はつくろいものを傍《かたわ》らに置き、きせると煙草を取った。ゆっくり煙草の葉を詰め、火鉢の種火を掘り出して、火をつけた。薄暗い部屋に青白い煙がただよった。

竜之助は、一連のしぐさが終わるまで待って、

「おいら、あれはつくられた色っぽさだったかなと思いはじめたのさ」

「……」

「色っぽさのなかに霞んでしまおうとした」

「わかりませんねえ」

女将はかすれた声で言った。

「それにあんた、まったく化粧っけもなくて、目立たなくなっているけど、ふだんはもっとお洒落《しゃれ》なんだろ。軍鶏鉄のおやじが、いまでもいい女だって言ってたぜ」

「軍鶏鉄さんがね。そりゃあ、あんなことがありましたから、化粧どころじゃありませんよ」

「くすんじまって、いることすら忘れちまったぜ」

「あたしなんか目立ったたって仕方ないでしょう。芸者を目立たせなきゃいけないんですから」

「女将さんだよな」

竜之助は夕立の最初の一降りみたいにぽつりと言った。

「何のことだか」

「三原堂の若旦那はずいぶんしゃべったぜ」

「え？」

女将の顔が強張《こわば》った。

「ここの芸者の中に、松吉の三味線にいたずらした者がいるって信じ込んでるみたいだった」

「いませんよ、そんな子は」

「そいつを見つけて殺してくれたらずいぶん出すんだってな」

三原堂の若旦那は、そこまでは認めていない。だが、竜之助は確信している。そして、ここが決め手である。

「……………」

「でも、ほんとに出すかはわからねえぜ。だって、松吉の三味線の糸を切ったのはこいつだなんて証明するのはすごくむずかしい」

「……………」

「若旦那はどこで頼んだんだい？」

竜之助のその問いに答えるまではずいぶん時間がかかった。

「やっぱり逃げられないものなんですね」

女将はため息とともに言った。

「逃げ切れねえんだよ」

と、竜之助もうなずいた。人はたぶん逃げ切れないのである。やったことからも。やらなかったことからも。

「おつかいものの菓子を買いに行ったとき、店先に若旦那がいたんですよ。放心したみたいになってね。それであたしの顔を見たら、松吉はうちの子の誰かに殺されたんだなんておっしゃるじゃないですか。驚いたし、気味が悪かったですよ」

「なんて頼まれたんだい？」

「頼まれてはいませんよ。見つけ出してくれたらなあって。ひとりごとみたいに言ったんです。見つけて仕返ししてくれたら、百両出すんだがなあって」

「金に困っていたんだろ？」

竜之助は訊いた。

軍鶏鉄も言っていた。内証は苦しいはずだと。

「そうですね。うちは芸者にはできるだけいい思いをさせているんです。よそよりもお金をあげてるし、いい着物を着せてるし、化粧道具も最高のものをそろえている。芸事も全部習わせている。だから、いつも火の車ですよ」

「そこへ百両か。ぐらっときたかい？」

「金だけじゃありませんよ」

「何だい？」

「もうじき春奴が芸者を引退し、置屋を始めたいって言い出したんです」

「ああ、なるほど」

「春奴は後輩に慕われてました。全部とは言いませんが、一人二人はかならず春奴のところに行きたいと言い出すはずです。そうしたら、あたしの置屋はやっていけなくなります。この先、どうやって生きていったらいいんですか？」

女将は途方に暮れた顔をした。

「それで五人の三味線の糸を切り、慌てて阿弥陀《あみだ》さまの像に線香を立てて拝んだ春奴がそうだと睨んだ？」

「はい」

「ぶた奴が言ったのは聞いたかい？　あの日は春奴の死んだ母親の命日だったって」

「聞きました。なんてことをしてしまったんだろうって」

「もし、怪しいと思ったのが、春奴でなかったら？」

「どうだったんでしょうね」

女将は首をかしげた。

「人ってほんとにぎりぎりのところで、ひょいっと何かをつまんでしまうんですね」

女将は他人《ひと》ごとのように言って、それから泣きはじめた。

——ほんとにそうなのだろう。

と、竜之助は思った。

ひょいとつまんでしまうことがあるのだろうと。

十二

もうずいぶん遅くなっていた。

「あの子たちに別れの挨拶をしたい」

という女将の願いをかなえるため、竜之助は芸者衆の帰りを待っていた。

四人全員がもどるまで、思ったほどはかからなかった。やはり疲れていたらしく、今宵は早めにもどって来たらしい。

そろったところで、事情を説明した。

「お母さんが……」

「嘘でしょ」

「嘘だって言ってよ」

芸者衆はそれぞれ泣き崩れた。

「ごめんね。あんたたちには精一杯のことをしてきたつもりだが、その結果、いちばんひどいことをしてしまった」

女将はそう言って、頭を下げた。

「ちょっと待ってください、同心さま」

と、ぶた奴が言った。

「まだわからないことだらけです。春奴姐さんのことを誤解して、お母さんは殺してしまった。でも、まだ、松吉姐さんの三味線の糸を切った人が、ここにいるってことですか？　ほんとの原因をつくった人が、のうのうとここにいるんですか？」

「それなんだがな。やはり、あれは若旦那の勘違いなんだよ」

と、竜之助は皆を見回して言った。

「勘違い？」

「あの日、松吉は徹夜で稽古をし、そのまま舞台に出た。糸はずいぶん弱っていたんだろう。だいたい松吉は強く三味線を弾くので、糸が切れることはよくあったらしいのさ。そこへきて、あの日は寒暖の差が激しかったんだろ。ばちで勢いよく弾いた途端、三本がぴしっと切れたのはそう不自然でもないのさ」

そのことは、さっき待っているあいだに、ことが起きた料亭などで文治が聞き込んできていた。その料亭の女将も、軍鶏鉄と同じような考えだったという。

これには、女将が悔しそうに唇を嚙んだ。ちっと頭がおかしくなった若旦那に振り回されて、とんでもないことをしでかしてしまったのだ。

「じゃあ、若旦那には罪がなく、お母さんだけが？」

「そんなわけがねえ。あの若旦那もどう言い逃れようがしょっぴいてやるぜ」

「お願いしますよ。自分だけ隠れて、人に罪を犯させるなんて許せませんよ」

ぶた奴が頭を下げると、ほかの三人もならった。

「これで、女将も同じ勘違いの恨みだったら、そこは情状酌量の余地もあるんだが、残念ながら金が目的だったんでな」

それは竜之助も残念なところだった。

「じゃあ、行くぜ」

文治が女将をうながして立ち上がった。

縄はかけていない。

「お母さん」

「よくしていただいて」

「ありがとうございました」

「感謝してるんです」

芸者たちの泣き声を背中に外へ出た。

「あたしにもあんな時代はあったんですけどね」

「うん。そうだろうな」

どんなひどいことをしたやつにも、やさしい心はひそんでいる。

どんなやさしげな顔をした人にも、冷たい心がひそんでいる。

それは同心の仕事のなかで、嫌というほど学んだことだった。

道端に桜の木があり、花が咲きはじめていた。

「おや、見られないだろうと思っていた夜桜が見られましたよ」

と、女将は嬉しそうに言った。

十三

芸者殺しの事件を解決して半月ほど経ったころである。

春の夜の匂いをかぎながら、竜之助は奉行所から八丁堀の役宅にもどるところだった。桜も散り、葉桜に変わろうかというころだが、あいかわらず柔らかな闇は、色っぽい気配を漂わせていた。

楓川《もみじがわ》に架かった越中橋《えっちゅうばし》を渡ろうとしたときだった。

色っぽさはふいに消えた。

強い殺気があらわれた。

男は長くつづく伊勢桑名《いせくわな》藩邸の右手のほうから駆けてきた。

「風鳴の剣を遣う徳川竜之助だな。お命、頂戴いたす」

すでに抜刀しており、いきなり斬りつけてきた。
一、二度、右に左にかわしたが、これでは抜かないわけにはいかない。
竜之助も刀に手をかけ、居合いの要領で剣を払った。

かきん。

夜の闇に赤い火花が散った。

いったん刀を合わせ、すばやく下がる。足を小さく動かしながら、間合いを測る。相手も同様の動きをする。

──ん？

相手の剣先がかすかに震えている。恐れのためではない。震わせているのだ。

「北辰一刀流《ほくしんいっとうりゅう》か？」

「わかるか」

闇に眼を凝らし、相手の顔を見つめた。

総髪と太い眉が見えた。顔がはっきりしないのは、たぶん真っ黒に日焼けして、かすかな月明かりもはじかないからだろう。

北辰一刀流は、いま江戸でいちばん栄えている流派である。

その剣からも刺客がやって来た。

いまの徳川家が置かれているのはそういう状況なのだろう。

「とあっ」

下段に見せておいて、踏み込みながら振りかぶる。

同じように合わせるが、わずかに右に回り込む。

下がりながら、剣を横に払うが、敵も一歩下がっていた。

「ほう。左手はあまり使わぬのか」

「……」

なかなか鋭い。

「怪我でもしているか」

「……」

そこまで見破るとは。

この敵、かなりの遣い手である。

刀を引き寄せ、胸元で構えた。

「風鳴の剣をなぜ遣わぬ」

と、敵は訊いた。

「あれは封印した。だから、戦っても無駄だ」

竜之助はきっぱりと言った。

「そのようなことをしても無駄だ。どうせ、引っ張り出されるぞ」

言いながら、斬ってくる。

北辰一刀流とは、道場で何度も戦ったことがある。足さばきの速い剣である。

竹刀で対峙している限りは、そう脅威ではない。だが、こうして戦うとやはり手ごわい。小さな傷を狙ってきているようだが、それを正確に防いでおかなければ、やがて大きな痛手となってあらわれるだろう。

受けて、かわして、隙を見て、打つ。

それをつづける。

だが、思い切ったことをしたい。そうしないと、いつまでも戦う羽目になるだろう。

伊勢桑名藩邸が置いている辻番が、こちらの戦いに気づいたらしい。歳を取っているらしい中間《ちゅうげん》と、若い侍とが、突棒《つくぼう》や刺股《さすまた》といった捕り物の道具を持ってこちらにやって来ている。

「なにごとだ」

「路上の立ち合いは迷惑だ」

まだこっちに来てもいないのに怒鳴っている。

楓川の反対側でも、番屋の誰かが気づいたらしく、騒ぎ出している。

「くそ、うるせえやつらだ。まあ、いいか。充分、立ち合った」

男はそう言うと、いきなり身をひるがえし、あらわれた方へと駆け去っていった。

竜之助は追わずに見送った。

――充分、立ち合っただと？

なにやら不思議な物言いだった。

第二章　獅子頭《ししがしら》

一

「東豊玉河岸《ひがしとよたまがし》のところで人が殺されてます」

と、木挽町《こびきちょう》の番屋の番太郎が南町奉行所に駆け込んできた。

「よし、行くぜ」

福川竜之助は飛び出した。岡っ引きの文治もあとから追いかけてくる。

東豊玉河岸というのは、外堀から八丁堀のわきにも通じる三十間堀《さんじゅっけんぼり》の木挽町よりの河岸をいう。奉行所からもそう遠くない。

ただ、この河岸は木挽町の一丁目から七丁目までつづく長い河岸で、それだけでは探すのが大変である。

「何丁目だ？」

走りながら、竜之助は番太郎に訊いた。

「七丁目です」

「よしわかった」

三原橋《みはらばし》を渡って右に曲がる。全速力で走る。速いのなんのって、足自慢の飛脚が呆気《あっけ》に取られて見送るほどである。

七丁目に着くと、なるほど人だかりがあった。

「おう、ごめんよ」

かきわけて入ると、河岸の下のほうに男が倒れていて、ちょうど筵《むしろ》をかぶせるところだった。

「あ、ご苦労さまです。あたしが木挽町で町役人《ちょうやくにん》をしている長右衛門《ちょうえもん》と申します」

「おう、報せてくれてありがとうよ」

「頭を殴られてます」

「うん」

そんなことは見ればわかるが、竜之助はいちいちこまかいことは言わない。

「頭を殴られて死んだのなら、さほど苦しみもしなかったでしょうね」

言葉が多そうな町役人である。

「あれ？」

竜之助は男の鼻のところに手を当てている。

「ちょっと待ってくれ」

川べりまで行って、手のひらを水で濡らしてもどって来る。

もう一度、手を当てた。

「やっぱりだ」

「どうなさいました？」

「死んでねえぜ」

「えっ」

「かすかに息があるぜ」

「そんな」

「誰だい、死んでるって報せをくれたのは？」

「あ、あたしゃてっきり」

この口数が多そうな町役人だったらしく、気まずそうにちょっと離れて行った。

「おい、しっかりしな」

だが、声をかけても目を覚まさない。

殴られた痕《あと》もあり、大怪我であることは確からしい。

「福川さま。どうしました？」

やっと文治が息を切らしてやってきた。

「生きてるんだ。おい、医者を呼んできてくれ」

竜之助は町役人に声をかけた。

「では、あたしが直接、呼んできます」

ここに居にくくなったらしく、町役人は駆け出して行った。

「そういえば、ここで怒鳴り合いの声がしてたな」

と、野次馬が言った。

「どんなことを言ってたんだい？」

文治が訊いた。

「ののしり合っていたんですが、おなじみの文句ですよ。ふざけんな、おめえこそってなもんで。あ、そうそう、つけるなんて真似をするなと言ってましたね」

「つける?」

竜之助は首をかしげた。

何かをくっつけるのだろうか。後をつけるという意味なのか。あるいは、味噌をつけるといった意味合いか。

そのうち別の野次馬が近づいてきて、

「あれ、こいつ、うちの長屋の重六《じゅうろく》じゃねえか」

「重六?」

「ええ、そこんとこの」

重六を知っているという男を連れてその長屋に行こうかと思ったとき、医者がやってきた。まだ、三十くらいか。いかにも賢そうな顔をしている。

のぞき込むとすぐに深刻な顔になり、

「これはよくないな」

と、呻《うめ》くように言った。

「でも、さっきより息はしっかりしてるみてえだぜ。いくらか胸が上下するようになってきてるから」

竜之助がそう言うと、

「そうか。だが、頭の傷は油断できないからな」

「たしかにそうだな」

木刀で殴られた人が、元気だったのに三日後、急に亡くなったという話も聞いたことがある。

「とりあえず、うちに運ぶ。戸板を持ってきてくれ。頭を打ったやつは、できるだけそおっと運ばなくちゃならねえ」

若い医者は言った。

「おう、そうしてくれ。あとで話を訊きに行くよ」

医者の名は田辺宗庵《たなべそうあん》といった。住まいを確かめ、ここには近くの番屋の番太郎にいてもらい、竜之助は文治とともにその重六の長屋に向かった。

二

木挽町というのは、猿若町《さるわかちょう》に移る前の歌舞伎の小屋があったり、いまもあやつり芝居や浄瑠璃《じょうるり》、寄席などがあるせいか、料亭や船宿などが多い。

歩いている人たちも、八丁堀あたりよりはずいぶんお洒落《しゃれ》である。

このあたりは定町廻り同心・矢崎三五郎の持ち場からは外れるので、矢崎の下で見習いをしている竜之助もふだんはあまり歩かない。

「あら、ようすのいい同心さま」

「柴田《しばた》さまと替わられたのかしら」

「役者が化けてるんじゃないの」

などと声がかかる。

そう言われれば、竜之助だってまんざらでもない。

恰好《かっこう》よく見えるよう、竜之助もつねづね気をつけている。それが憧れの仕事になれば、町の人たちもいろいろ協力をしてくれるはずである。

「ここですよ」

と、案内してきた男は、長屋の路地を指差した。木挽町六丁目の裏店《うらだな》である。

その路地をくぐる。

「ふうん」

わりにこぎれいな長屋である。路地の真ん中にあるドブ板も、真新しい。

井戸端で女が洗濯をしている。猫が二匹、日向ぼっこをしている。おだやかな裏長屋の光景である。

重六の家は奥から二つ目だった。

「誰かいるかい？」

竜之助は声をかけた。

「誰もいません。独り者です」

案内してきた男が腰高障子を開けた。

三畳ほどの板の間と四畳半。しかも押し入れがついているから、これは上の部類の長屋といっていい。

荷物は押し入れの中なのだろう、外に出ているのはただひとつ。ただし、やけに目立つ。なんと、大きな獅子頭《ししがしら》が置いてあったのだ。

獅子舞いの獅子頭とは違う。顔つきも違うし、頭に髪の毛みたいなものはついていない。それに赤く塗られてもいない。

「なんだ、こりゃあ」

と、竜之助は声を上げた。

「驚くでしょ。あっしも初めて見たときは魂消《たまげ》ました」

「重六ってのは何してるんだい？」

「なんですかね。まだ、この長屋に来て、半月も経たねえくらいですよ。しかも、あっしはあんまり他人のことを訊いたりしねえんで。大家さんにでも訊いてみてください」

「毎日、出てたんだろ？」

と、文治が訊いた。職人にも、親方の店に毎日通う者もいれば、独立して自分の住まいで仕事をする者もいる。

「いや。ずっといるみたいでしたぜ」

「でも、仕事をしているようすもなさそうだな」

部屋を見回し、文治が押し入れを開けた。かすかに変な匂いがした。

布団と衣類が入った行李《こうり》が一つあるだけである。

「福川さま。仕事道具らしいのは、とくにありませんよ。ん？」

「なんだい」

「いや、筆とすずりはありました。それと、何も書いていない紙が」

「それだけじゃな」

竜之助ものぞいたが、たしかにそれしかない。

となると、この獅子頭が仕事道具なのか。これを削ってつくったのか。それにしては、鑿《のみ》や槌《つち》もなければ、削りかすも見当たらない。

「これは、お獅子だよな？」

竜之助は自信なさげに文治に訊いた。よくよく見ると、獅子というよりも、神社にある狛犬《こまいぬ》に似ている気がする。

「ええ……と思います」

文治もそれほど自信はないらしい。

「なんか変だがな」

「塗りがまだだからでしょう」

「ああ、そうか」

見慣れているのは赤く塗られた獅子頭である。

軽く叩く。薄っぺらではない。頑丈そうな音がする。

軽く持ち上げるようにする。かなり重い。

「よう、文治。何のためのお獅子だろう？」

「どれどれ。あ、重いですね。こんなのをかぶるのは無理ですね」

文治も首をかしげた。

「あっしが野郎に、おめえ獅子舞いでもしてるのかい？　と訊いても、そんなこたぁねえと笑うばかりでした」

と、連れてきた男が言った。

「獅子舞いに使うものじゃなかったら、塗らなくてもいいか？」

「そうですね。でも、飾りにしちゃあそっけないですよ」

「たしかにな。なあ、重六はこれを拝んだりはしてなかったかい？」

と、連れてきた男に訊いた。

「いや、そういうところは見てませんねえ」

たしかに拝むのなら、ろうそく立てだのがあってもよさそうだが、ここにはそういった類のものもいっさいない。

「お化け屋敷にでも持って行くか？」

竜之助が言うと、

「お化け屋敷で獅子頭ってのもねえ。だいいち、福川さま、いまはまだお化け屋敷には早過ぎますよ」

と、文治は笑った。

たしかにそうである。

「これのことは話したがらなかったんだろうな」

竜之助は腕組みした。

——いったい、どういう由来なのだろう。

三

「ごめんよ。おや、金助《きんすけ》さん」

女が顔を出した。さっき井戸端で洗いものをしていた女である。

「おう、おちかさん」

「重六さん、どうかしたのかい？」

「したんだよ。野郎、そっちの河岸のところで喧嘩でもしたのか、頭を殴られて倒れていたんだ」

「えっ。まさか？」

おちかという女の顔色がすっと蒼ざめた。

「いや、死んではいねえが、でも、かなりの怪我で、お医者のところに担ぎ込まれたよ」

「話せるの？」

「それは無理だ。だって、死体と間違えられたくらいだもの」

「見舞いに行きます。医者は？」

「あ、医者はそっちの七丁目の田辺宗庵さんというが、ちょっと待ってくれ」

と、竜之助は声をかけた。

「なにか？」

「重六ってのは、何の仕事をしてたんだい？」

「訊くと、飾り職人だと言ってました。大家さんにもそう話したみたいです」

「そうじゃないみたいだな」

「重六さんはあまり言いたがらないみたいだから。あたしも余計なことは……」

「でも、これは重六をひどい目に遭わせたやつを調べるのに、大事なことかもしれねぇんだぜ」

と、竜之助はやさしい口調で言った。

「そうですか……あたしは塗りの仕事をしていたんじゃないかと思います」

「塗り？」

「ええ。ほら、漆器の塗りです。匂いませんか？」

竜之助と文治は鼻を鳴らした。

「あ」

「言われてみれば」

「着物ですよ。着物から匂っていたような気がします」

もう一度、押し入れを開け、着物を嗅《か》いだ。さっきも変な匂いは感じたのだ。

「ほんとだ。すごいね、おちかさん」

と、竜之助は褒《ほ》めた。お世辞ではない。

「じつは、あたしの死んだ亭主がやっぱり塗りの職人だったもんでね。それでわかったんですよ」

おちかはまだ三十前だろう。ということは、亭主はずいぶん早くに亡くなってしまったらしい。

「塗り職人が毎日ここにいて、塗りの仕事はしてなかったのかな？」

「これも余計なことですかねえ」

と、おちかがつぶやいた。まだ何か知っているらしい。

「おちかさん。言ってくれよ」

「ちらっとだけ仕事をしているところを見てしまったんです。考えこんでましたよ。ものすごく」

「考え込んで？」

「このお獅子のことじゃないですかね。じいっと睨み、筆で紙に何か描き込むと、今度はその紙をじいっと見て、また考え込むんです」

「ふうむ」

「それと、ときどきこの戸を開けて、誰か来るんじゃないかと見張っているようなこともありました」

「ほう」

「飾り職人だと偽っていたのも、この仕事のことを言い触らされたりすると困るのかなと思ってました」

おちかはなかなかよく見ている。

長屋のおかみさんはだいたい住人のことを根掘り葉掘り訊いたりはするが、観察眼などはあまり発達していない。だから、なにかあったときは、「まさか、あの人が」などという驚きになる。

「わかった。じゃあ、おいらたちもおちかさんといっしょに宗庵のところをのぞいてみよう」

四

田辺宗庵の住まいは、路地を入った裏店ではないが、木挽町の裏通りにあった。

小さな二階建てで、下の二部屋を診療に使っているらしい。よく磨き上げられた板張りの清潔そうな部屋である。

中に入るとすぐ、部屋の隅に寝かされている重六が見えた。ちょうど治療中で、宗庵はそばにいて、手伝いの若い娘に指図しているところだった。

どうやら血止めの膏薬《こうやく》を塗って、包帯を巻き終えたところらしい。

「どうだい、先生？」

と、竜之助が訊いた。

「さっき、うっすら目は開いたんだがね」

「そうかい」

「だが、呼びかけても何の反応もなかった」

「ほかに怪我とか、変わったことはなかったかい？」

「ないね。頭を棒とか木槌とかそういうので殴られただけだな」

宗庵もいまはようすを見るしかないらしく、

「動かさないことだけだな」

と、言った。

「先生、水とかは？」

と、おちかが訊いた。

「たまに水を含んだ綿を当てたりしてるが、いまのところ吸う気配はないな」

「下の世話とかも要りますでしょう？」

「そうだな。とりあえず、布はあてがってあるが」

「あたしも持ってきました。やれることがあったらおっしゃってください」

風呂敷を開いて、布を何枚も取り出した。おちかはなかなか甲斐甲斐《かいがい》しい。

「何か変わったことがあったら、番屋に報せるよ」

と、宗庵は言った。

「頼んだよ」

竜之助と文治は、おちかを置いて外へ出た。

空は曇っていて、雨になりそうな気配がある。

「どうしましょう？」

飯にはまだ早い。

「喧嘩の内容をもうちっと聞きてえよな。あのあたりで訊き込むか」

「そうですね。では、もう一度、さっきのところに」

東豊玉河岸にもどった。

まだ人だかりがある。さっきの怪我人のことをしゃべっているらしい。

真ん中にお佐紀がいた。どうやら瓦版の記事を書くのに、いろいろ話を訊いていたらしい。

しかも、重六の長屋の金助はまたここに来ている。

「よう、お佐紀ちゃん」

「あ、福川さまが担当でしたか？　寿司の親分も」

寿司の親分という言葉に、周りの連中は面白そうに文治を見た。

「ここでそれを言うな、お佐紀坊」

「あ、ごめんなさい」

「それより、地獄耳だな」

文治はからかうように言った。

「たまたま、ここを通ったら人だかりがあって。訊いたら殴られた人には悪いけど面白そうなので」

「面白いかい？」

「なんでも、家には大きな獅子頭があるんでしょ？　それにまつわる奇怪な事件らしいって」

「おい、金助」

文治が睨むと、金助は肩をすくめた。

だが、人の口に戸は立てられない。

「おいらたちも、喧嘩のようすをくわしく知りたいのさ。お佐紀ちゃんは何か訊き込んだかい？」

竜之助が訊くと、お佐紀はわきにいた男に声をかけた。

「聞いたんですよね？」

「あ、まあね」

若い男は船頭らしく、よく陽に焼け、腕の筋肉が発達している。ただ、背丈は小さく、お佐紀と同じくらいだろう。

「どんなようすだったい？」

「いえ。あっしが舟を出そうとしていたとき、段々から降りてきて、ちょうど喧嘩がはじまったんです。ただ、あっしも急いでいて、殴り合いのところまでは見てなかったんですが」

はっきりしない話し方である。

「なんて言ってた？」

「卑怯《ひきょう》だろうと」

「卑怯？」

「はい。それで、こそこそのぞきに来やがってと」

「ほう」

さっき言っていた「つけるなんて」というのは、やはり後をつけてという意味だったのだろう。

「言いがかりだ、と片方が言いました。すると、もう一方の怒っていたほうは、ほかに誰が来るんだと……あっしが聞いたのは、そんなところですかね」

「いや、おおいに参考になりそうだぜ」

若い男は河岸の階段を上がって、去って行った。

見送ってから、

「あいつ、怪しくなかったですか？」

と、文治が言った。

「なんで？」

「しゃべってるとき、旦那の目をまるで見ませんでしたぜ」

「ああ、そうだな。でも、町方と目を合わせたくなかったんだろ。べつに後ろめたいことがあるとは限らねえよ」

竜之助はとくに怪しいとは思わなかった。

「そうなんですよね。そういう人って、たまにいますよ」

と、お佐紀も言った。

「やっぱりそうかい」

「他人と向き合って目と目を合わせるのが怖いって。じっさいの人間だけでなく、絵に描かれた人とも目を合わせるのが嫌だったりするんですって」

「いろんなやつがいるんだよな」

竜之助はうなずいた。

「それにしても、福川さま。いまの話が参考になりますか？」

と、お佐紀が訊いた。

「もちろんさ。まず、争った二人はたぶん、友だちとか同僚という関係だろう」

「そうなんで？」

文治が訊いた。

「そうでなきゃ、卑怯だとは言わないよ。それは、信頼があったり、あるいはなんらかの約束みたいなものがあったから怒ったんだ」

「なるほど」

「のぞきに来やがってというのも大事だぜ。おちかさんが言ってた重六の話ともしっかり関係していそうだ。重六は自分がしていることを誰にも見られたくなかった」

「ああ」

「それはおそらく、あの獅子頭のことだろう」

「なんといっても、あそこにはあれしかないですからね」

「そして、それは塗りのことだ。あの獅子頭を塗るのを誰にも見られたくない。さらに、喧嘩の相手もまた、同じようなことをしていた」

「なるほどねえ」

「ただ、ほかに誰が来るという言い方はちょっとわからねえなあ」

　竜之助は考え込んだ。

「あのう、福川さま」

　お佐紀が呼んだ。

「お、どうしたい？」

「その獅子頭ですが、ちらっとでいいですから、見せてもらえませんか？」

「ああ、かまわねえよ」

「いいんですか？」

「そのかわり、おいらたちの推測とかは話さないよ」

「そこは想像しますよ」

と、お佐紀はうなずいた。

「じゃあ、行こうか。おいらたちももう一度、あの獅子頭をじっくり見なくちゃならねえんだ」

五

「ほんとだ、これしかないんですね」

部屋の中にある獅子頭を見て、お佐紀はびっくりした。

「獅子舞いのやつとは違うだろ？」

竜之助が訊いた。

「全然違いますね。目の迫力が桁違いだし、歯なんか獅子舞いのほうは下駄を並べたみたいだけど、こっちは牙を剝《む》いてますし」

「なるほど、そうだな」

お佐紀に言われて違いに気がついた。

自分で絵も描くだけあって、そうした細かいところにも目が行き届くのだろう。

「描かせてもらっていいですか?」

「いいよ」

竜之助の許可を得ると、お佐紀は紙と矢立を取り出し、さらさらと描き出した。

獅子頭と紙を交互に見ながら、筆は止まることがない。たちまち獅子頭を写してしまった。

「さすがだね」

「これを持ち帰って、家で爺《じい》ちゃんに仕上げてもらいます」

お佐紀のところは家族で瓦版をつくっているのだ。

「何だと思う?」

と、竜之助が訊いた。

「何ですかね。あたしも考えて、推測を記事に仕立てます。お楽しみに」

はぐらかすようなことを言って、お佐紀は帰って行った。

「さて、今度はおいらたちの番だ」

竜之助はそう言って、獅子頭の前に座った。

獅子頭の大きさは高さ二尺（約六十センチ）ほど。大きさは獅子舞いに使うものとほぼ同じでも、重さがまるで違う。

「木は何だろうな」

と、竜之助は文治に訊いた。

「ケヤキでしょうね」

硬いし、艶《つや》もある。

こうやって削ったものにも、独特の風格がある。塗ったりせず、磨くだけでもよさそうである。

長屋にあるから変なので、大きな道場みたいなところにあれば、何も変に思わず、しっくりくるのかもしれない。

だが、重六はおそらく塗りの職人なのだから、これに塗りをかけるのだろう。

「つなぎ目がないぜ」

表面を撫《な》でながら、竜之助は言った。

「本当ですね」

「丸太のように切り出したやつを削って彫ったんだ」

「ええ」

「誰でもできるって技じゃねえだろうな」

「おそらく。まず、そっちの方面を洗ってみますよ」

「そうだな」

木工の職人で、腕がよく、最近、獅子頭を彫った男。

だが、つくったやつが出てきても、そこから下手人にたどりつけるかどうかはわからない。つくり手は関係ないような気もする。

竜之助は腹這《はらば》いになり、さらに獅子頭をつぶさに眺める。

「うむ。あれ？」

「どうなさったんで？」

「後ろから見ると、底に三角の切り込みが入っているぜ」

「あ、ほんとですね」

「何でだろう？」

「ここんとこに枝のあとがあったりしてみっともなかったとか」

「ああ、なるほど」

竜之助はすぐには否定しない。いちおう可能性を本気で考える。

「ほんとにそう思います？」

「ケヤキはこんな太いところには枝はあまり出てないかもな」

「あ、そうですね」

「この三角には、なんか用途があるんだよ」

四半刻（三十分）ほどためつすがめつして、

「これ以上眺めてもしょうがねえか」

ということになった。

そう言えば、そろそろ腹も減ってきている。

外に出て歩き始めた。雨の気配は消え、日差しがいくらか強くなってきている。

「やっぱり拝むのかな」

と、竜之助は言った。それがいちばんしっくりする。江戸ではいろんな神さまが流行《はや》る。どこかで獅子神さまなどという信仰が流行りはじめているのかもしれない。

ところが、歩いているうちに、何かが気になり出した。

——何だろう。

気になるものは間違いなく視界の中にある。

いま、視界にあるのは大きな店が並ぶ通りである。どっしりした構えの家。人通りはそう多くない。

「あ」

竜之助は足を止めた。

「旦那、どうしたんで？」

「同じ角度だ」

と、上を指差した。

「同じ角度と言いますと？」

「屋根だよ。屋根のてっぺんの山の角度」

大店《おおだな》の二階のほうを差している。

「あの獅子頭は、屋根に載せるんじゃねえのかな」

六

文治の下っ引きたちを総動員して、普請中の大店を当たってもらうことにした。鬼瓦のかわりに、獅子頭を載せようと思っているのではないか。あれだけのものを載せるということは、目抜き通りに面しているのでは——そう推測したのである。

次の日も、さらに次の日も、重六の意識はもどらない。

おちかが毎日、看病に行っていて、話しかけたりしているらしい。

「今日はお獅子の話をしたら、まぶたがぴくぴくしました」

と、言っていたが、それは希望といっしょになった話かもしれない。宗庵に直接、訊いたところでは、

「なんとも言えないね」

ということだった。

重六が目を覚まして、自分は何者なのか、あのお獅子は何のためにあそこにあるのか、殴ったのは誰なのか、お獅子と関係があることだったのか——それらを話してくれれば、たちまちすべてが解決してしまう。

だが、それは当分、期待できそうもなく、目を覚ますのを待っているというわけにもいかないのだ。

翌々日の午後——。

文治が奉行所に駆け込んできた。

「ありました。新両替町《しんりょうがえちょう》に普請中の〈大島屋《おおしまや》〉という油屋が、二階の屋根にお獅子を載せるつもりだそうです」

「よし、行くぜ」

新両替町は、日本橋、京橋、新橋とつづく江戸の目抜き通りである。京橋のところから始まり、一丁目から四丁目まである。

大島屋は三丁目にあり、以前もここで商売をしていたが、隣りの店を買い取ったので、間口十二間もある新店舗を建築中だった。

普請はだいぶ進み、八割方は完成しているように見える。

屋根を見上げる。鬼瓦を載せるところに、いまは何もない。さすがにあれだけ高いところに載せるとすると、あの獅子頭でも目立たなくなるかもしれない。

竜之助と文治が大工の棟梁《とうりょう》らしき男に声をかけると、すぐにあるじが挨拶に来た。五十くらいの背は低いがよく肥えた男である。

「塗り師の重六が怪我をしたそうで」

下っ引きが話してしまったのだろう。まあ、それは仕方がない。

「そうなのさ。それで獅子のことで訊きたくてね」

「あ、どうぞ」

　普請中にも訪れる者はいるのだろう。腰をかけるところがつくられていて、火鉢に湯がわいていた。

　すぐに茶と菓子まで出してくれる。

「重六のところにあった獅子頭は、もしかして屋根に飾るものなのかなと思ったのさ。それで普請中の大店を当たらせてみたんだよ」

　と、竜之助は言った。

「ええ。おっしゃる通りです。ここの屋根の上に飾るつもりです。東向きと西向きに一つずつ」

「どういう意味があるんだい？」

「魔除けですよ。ちゃんとお祓《はら》いもしてもらいました」

　たしかにあの獅子頭なら、けちな貧乏神あたりは一睨みで追い返すくらいの迫力はある。

「あとは塗りを残しているだけなんだろう？」

「そうなんです」

「重六の長屋などに置いて、盗まれたりしたらまずいんじゃねえのかい？」

「ああ。あれはいわば予備なんです」

「予備？」

「あれじゃあ、この屋根に載せると、あまり目立ちませんでしょう？」

「たしかにな」

竜之助もさっき、そんなふうに思ったのである。

「獅子の本体はすでに完成してまして。手前どもで保管してます」

「そうなのか」

「守り神みたいなものですから、やたらに持って行って破損したりしたら大変ですので。ご覧になりますか？」

「おう、ぜひ」

普請中の建物の裏手には、以前からの蔵があり、そこに保管されていた。

「これです」

と、あるじが指差したものは、重六の長屋にあったものより二回りほど大きい。その分、目玉なども迫力が増している。

「ああ、でっかいな」

「これが屋根に載ったところを想像するとどきどきしてしまいます」

あるじは嬉しそうに言った。

「予備とはいっても、あっちの獅子頭もよくできていたな?」

「ええ。あれは塗りを決めるためのものなんです。なにせ、お江戸の空を飾るものなのですから、色にはこだわりたい。それで、塗り忠《ぬちゅう》という名人のところに持ち込みました。ただ、塗り忠は目を悪くしてましてね」

「目を」

「弟子にやらせてくれと」

「ああ」

「うちには二人の優秀な弟子がいる。こいつらに競わせて、いいほうを決めたいと」

「なるほど」

「それで同じものだが、二回りほど小さな獅子をつくり、それぞれで試しに塗ってもらおうと、いまやってもらっていたところです」

「なるほど」

その弟子の一人が重六というわけだろう。

「だが、漆だとかは部屋にはなかったぜ。塗料らしきものも」

「ああ、それはまだ運び込んでいないのでしょう。あの人は先に頭の中で考えるみたいですよ。この色を塗ったときに、二階のあの場所でどう輝くか、青空だったり、曇り空だったりしたときはと、いろんな状況も考慮するそうです。塗りはどの色の組み合わせにするか、決まってから始めるみたいです」

「天才肌ってやつか」

「ええ。それで、双方の弟子がお互いの腹案を見せたくないものだから、重六なんかわざわざ住まいまで変えたみたいです」

「それで引っ越していたのか」

竜之助は重六の家が何となく変な感じがした理由を納得した。

次は、そのもう一人の弟子の話を訊くしかないだろう。

重六は喧嘩のとき、「つけるなんて卑怯だ」と言っていたらしい。それがもう一人の弟子に対して言ったのだとしたら合点がいく。重六の仕事を盗み見しようとして、喧嘩になったのかもしれない。

塗り忠の住まいを訊いて、竜之助と文治は外に出た。

「旦那。だいぶ話は見えてきましたね」

「だといいんだがな」

竜之助は慎重な気持ちになる。とんとんと物事が運ぶときは、意外な落とし穴があったりするものなのだ。

「じゃあ、あっしが塗り忠のところに行って、そのもう一人の弟子の名前と居どころを聞いてきますよ。役宅のほうででも待っててもらえますか？」

たしかにわざわざ二人で行くほどのことではないかもしれない。

「そうか。頼んだぞ」

七

八丁堀にもどる途中、京橋のたもとで瓦版が売られていた。柿色の半纏《はんてん》を着た男が売っている。あれは、たしかお佐紀のところで出している瓦版である。

一枚、買いもとめた。

「おっ」

獅子頭の絵が大きく載っている。

色も入っている。顔は緑色に塗られ、立て髪のあたりは金色に近い。獅子舞いでおなじみの色にしていないのはさすがである。

ただ、よくわからないのは、絵の隅に鶴と亀の絵が入っていることである。

鶴と亀なんて何の関係があるのかと首をかしげた。

見出しには大きく、

「獅子の呪いか」

と、出ている。

「おう。あれは呪いかよ」

つい声に出した。

読み出したら、思わず引き込まれた。

「近ごろ、江戸では不思議なことが起きている」

というのだ。

「最初のできごとは、根津《ねづ》神社の境内で起きた。そこには二つの池があり、あいだは十間ほど離れている。池には、鯉のほか亀も多数、棲《す》みついていた。

ところが、つい五日ほど前、一方の池から亀がぞろぞろと引っ越しをはじめて、ほとんどの亀が一方の池に移ってしまった。これは昼日中《ひなか》に行われ、参拝客はなにごとだろうと見守った。

これまで、わけて棲んでいたのが、一方に集まってしまったのだから、池はぎゅうぎゅう詰めのようになる。そのため、鯉たちが自由に泳ぎ回ることができなくなり、いらいらのあまり、死んでしまう鯉も出てきている。

いったい亀はなぜ、こんな不思議なことをしたのか。

宮司たちも、縁起物ゆえにむやみにもどしたりもできず、その意味するところを思案中なのだという」

これが、絵に載っていた亀の件らしい。

「次のできごとは、深川で起きた。六万坪には鶴が棲みついているが、この鶴が数日前に突然、釣り人を襲った。フナを釣りあげたところに、いきなり空から鶴が舞い降りてきて、釣り人の頭をこつこつと鋭いくちばしで叩いたのだ。

まるで魚を取ったのを怒ったようにも思え、釣り人は早々に退散したということである。

鶴というのは、長生きの代表とされ、人にもなじんで暮らしている。

あのあたりの釣り人は、鶴に復讐はできないが、気持ちを知りたいと語っていた。

亀も鶴同様に縁起のいい生きものである。

それがなぜ、このようなことをしでかしたのか、訳がわからない」

そしてついに、獅子頭の話なのだが、瓦版の筆者ことお佐紀は前記の亀と鶴の話と結びつけていた。

「さて、三日前のことである。当朝早く、木挽町に住む重六という職人が、近くの東豊玉河岸で倒れていた。当初、死んでいるかと思われたが、町方が駆けつけてみると、死んではおらず、気を失っているだけだった。ただ、呼びかけても意識はもどらず、何があったかはわからない。

この重六の長屋にはおかしなものがあった。大きな獅子頭である。いったい何のためのものか、近所の者もわからないまま置かれている。

重六の怪我とこの獅子頭に何か関係があるのか。

いま、町方でも腕っこきで鳴る同心が探索中である。

獅子もまた、縁起のいい生きものとして知られ、神社の本殿を飾ったり、正月には獅子舞いでもおなじみである。

先の鶴や亀と同様に、もしかしたら獅子もまた、人に害を及ぼそうとしているのか。

思えば、この職人の名が重六というのも不気味である。なぜなら、四四は十六ではないか。これも何かを示しているのかもしれない」

これが記事のすべてである。

「あっはっは」

竜之助は歩きながら笑った。

たぶんお佐紀は、嘘は一つも書いていない。根津神社の亀の話も、深川六万坪の鶴の話も本当のことなのだ。

それが縁起のいいものとして組み合わせることで、獅子頭でもおかしなことが起きているように思わせてしまった。

――たいした想像力だ。

竜之助はあらためて、お佐紀の賢いことに感心してしまった。

八

竜之助は役宅にもどった。玄関から中を見て、

――ん？

客がいる。白髪だが、後ろ姿にはいなせな感じが漂っている。

魚河岸《うおがし》あたりの顔役か、それとも引退した鳶《とび》の親方か、半纏に四十七組の印がないので、火消しの頭領ではないだろう。

「あ、若さまが」

やよいが言った。

「おい」

声には出さず、口の動きで注意した。

やよいらしくない。うっかり「若さま」などと言うとは、たいそうな失敗ではないか。それを言ってもいいのは、爺の前くらいである。

――え？　爺？

白髪の男がこっちを見た。なんと、支倉辰右衛門本人ではないか。

「若。ごぶさたでございますな」

「おう、見事なもんだな。わからなかったぜ」

世辞ではない。支倉の変装はいつもどこかに勘違いしているところがある。だが、今日の変装は完璧ではないか。

「そうですか。今日は自分でも成り切れたかなと思ってました」

「後ろ姿まで成り切っていたもの」

「いやあ、そんなふうに言われると嬉しいですな」

大喜びである。

「やはり茶人というのは、性に合ってるのですかな」

「腕を上げたよ」

「茶人？」

「え、何だと思いました？」

「魚河岸あたりの顔役とか、鳶の親方かと思ったぜ。茶人かい」

それだったら、まったく違う。あまりに外れて、別の仕事に近づいてしまったらしい。

「なんだ、茶人らしくないのですか」

爺も憮然《ぶぜん》としている。

「それはそうと、変装までして今日はどうしたんだい？」

「じつは、昨日から今日にかけて、御三家と御三卿を一回りしてきました」

「そりゃあまた、ご苦労なこって」

「いまや、徳川家にとって未曾有《みぞう》の危機が近づいております。こういうときこそ、御三家や御三卿が結束してことに当たるべきでしょう」

「いまさら結束なんざ無理だろう」

竜之助はそっけない調子で言った。

「また、そのようなことを。それでわたしは、せめて用人のあいだだけでもと思いまして、各お家の用人たちに呼びかけてまいったのでございます」

「わざわざそんななりでかい？」

「これくらい当然です。いまや、世は密偵だらけ。変装は何をするにも基本中の基本と言ってよいくらいです」

「それでうまくいったのかい？」

竜之助はからかうような調子で訊いた。

「御三卿のお家は皆、近所の親戚ですから、だいたいうまくいきました。むずかしいのは御三家ですな」

「ほう」

「そりゃあ用人たちはどこもさまざまです。愛想の悪い者もいれば、すぐに賛同してくれる者など、同じ家の中にも考えの違う者はいます。ただ、底意の知れぬ者だらけとなりますと、御三家はどこも……いや、とくに尾張。あまり大きな声では言えませぬが、あそこの宗家に対する屈折した思いは半端じゃないですぞ。そうそう、用人ではなく、ご一門の男と思われるのですが、わたしが田安《たやす》家の用人と名乗ると、鼻でせせら笑いましてな。竜之助さまのところかと」

「名を出したか？」

「はい。そのうち、直接、お目にかかることがあろうと、嫌な顔つきで言いました」

「尾張の？」

「お名前は、と訊いたのですが、まあ、いいだろうと」

「名乗ってもらえなかったか。かわいそうにな」

と、竜之助は子どもをからかうように言った。

「そういうものなのさ、爺。持っているものが多いと、思惑もふくらんで、底が見えにくくなるんだから。その点、町人たちはまだ、すっきりしたものさ。もっともそれだって、いろんなやつはいるんだぜ」

「町人もいろいろですか」

「当たり前だろ。生きてるんだもの」

「はあ、生きてると、いろいろなんですか」

と、そんな話をしているところに、文治が飛び込んできた。

「福川さま。わかりました」

九

「弟子の名は半助《はんすけ》といいます。塗り忠の数多い弟子の中で、重六と並んで腕は師匠を超えるほどだそうです」

「ほう」

「重六は斬新で人の度肝を抜くような意匠を得意とするが、半助のほうは飽きのこない味わい深い塗りが特徴なんだそうです」

たしかにそれほど違う腕のいい職人がいたら、競わせたくなるだろう。

「住まいは、どこだ？」

立ち上がりながら竜之助は訊いた。

「本所の緑町《みどりちょう》です」

「よし、行こう」

と、外に一歩出たところで振り返り、

「支倉さまも、ご無理なされず」

竜之助はやさしい口調で言った。

「若……者も気をつけて」

あやうく「若さま」と禁句を言うところだった。

すぐ近くの亀島河岸《かめじまがし》で舟をつかまえた。

霊岸島《れいがんじま》の先端部、田安家の下屋敷があるところから大川に出て、ゆっくり反対岸のほうへ進む。

新大橋をくぐってしばらく行ったところで右に入った。竪川《たてかわ》である。

この運河沿いにずうっとつづくのが本所緑町である。

本所緑町の前は河岸になっている。舟をつけ、段々をあがった。

当然、通り沿いには荷物の出入りが多い商店が軒を並べ、そのあいだに奥の長屋へ入る路地がぽつんぽつんと口を開けている。

「何丁目だ？」

「四丁目です」

路地の入口には住人の表札が打ちつけてあったりする。だが、かならず出しているとは限らない。

「迷いそうだな」

「入口のところにたぬきの置き物があるそうです」

「これか」

瀬戸物のたぬきが、人を馬鹿にしたような面《つら》で立っていた。

「あ、そうみたいですね」

長屋の路地を入った。立ち話をしていたおかみさんたちに訊くと、半助の家は
竜之助が立っているすぐわきだった。

「おい、いるかい？」

返事がない。

そっと戸を開けた。暗い。板戸が閉められたままなのだ。

「うっ」

錆《さび》の臭いが鼻をついた。町方の者にはおなじみの臭いである。

急いで戸を閉め、上にあがった。

それは庭に面した廊下のほうにあった。

横たわっていた。すさまじい臭いがこもっている。

「雨戸をちょっとだけ開けましょうか」

「そうしてくれ」

ほんの五寸ほど開ける。それでも外の風は心地よい。

「裏は塀ですので、全部開けましょう」

雨戸を戸袋に入れた。ようやく息がつける。

「何てこった」

竜之助は呻いた。

半助は胸を突いて死んでいた。

「旦那。ここに……」

小さな机に書き置きがあった。

殺すつもりはなかったが、重六を殺してしまった。

こうなれば、死んでお詫びをする。

「自分でやったんですね」

「……」

竜之助は返事をしない。

部屋を見まわした。何もなかった重六の家とは大違い。こっちはさまざまな仕事道具で溢れかえっていた。

もちろん、獅子頭はこっちにもあった。

ただし、こちらは塗りがいくらか進んでいる。

獅子の色は濃い緑色に塗られていた。肌の色に当たるところだけで、頭や目など、こまかいところはまだである。

そのわきには、紙の束があった。かんたんな獅子頭の絵に、いろんな色が塗られている。半助は頭の中で試すより、じっさい塗ってみて考えるらしかった。

「こんなかたちで一件落着ですか」

「違うな」

と、竜之助は庭のほうを見ながら言った。

「え」

「そんなわけがねえ。こりゃあ都合がよすぎるって」

「たしかに遺体は変ですよね」

短刀は胸に深々と突き刺さっているが、半助は両手を離している。

ふつうは柄を握ったまま突っ伏してもよさそうなものである。

「二人の腕のいい職人が、憎しみ合って殺しまで起きてしまう。これが、どっちがいいか、結果が出たあとならわかる気もする。だが、まだ塗りもはじめていねえんだぜ。職人の魂を揺さぶるような仕事を捨ててまで、そんなことをするか？」

「下手人がほかにいるのさ」

「たしかに。ってことは？」

「死んでしまうか？」

「ああ」

十

近くの番屋に連絡し、奉行所から検死役の同心などに来てもらうよう手配をすませた。といって、ここで到着を待っているわけにはいかない。

目の前の河岸でもう一度、舟をつかまえた。

「旦那、どちらに？」

「大島屋だ。やっぱりあそこが中心なんだ」

新両替町である。八丁堀から三十間堀に入るのがいちばん近い。

三十間堀にかかる紀伊国橋《きのくにばし》の下をくぐった。たもとのところで、お佐紀の瓦版を売っているのが見えた。

「まずいな」

と、竜之助が言った。

「何がです？」

「瓦版に重六は死んでいないって書いてただろう」

舟で本所緑町に行くときに、文治にもお佐紀の瓦版を見せていた。

文治は真面目だから、「こんな嘘っ八、書いて、いいんですかね」などと心配していたほどである。

「ええ」

「下手人は重六が死んだと思ったから、さらに半助を殺したのかもしれねえぜ」

「そうですね」

「ところが、重六が生きていると知ったら」

「あ、何としても殺そうとするかもしれませんね」

今宵からは重六のところに見張りをつけるべきだろう。

「まずは、急がなくちゃならねえな」

新両替町の三丁目に近いあたりで舟を降り、足を速めた。

「ねえ、旦那。半助はともかく、重六は最近、引っ越したんですぜ」

「ああ」

「下手人はよくわかりましたね？」

「あとをつけたんだろうな」

「どこから？」

「あの大島屋からさ」

塗り忠のところにはあまり行っていない。だとすれば、やはり大島屋からつけたと考えるのが自然だろう。

「てえことは、下手人は大島屋の者？」

「そこはまだわからねえ。決めつけちゃいけねえだろうな」

大島屋では今日も大勢の大工が働いていた。ここまで来ると、普請もいっきに進んでいくのだろう。本当なら、重六はもう、塗りを始めなければならない頃なのだ。

大島屋のあるじも、表具屋と楽しげに打ち合わせをしているところだった。

「おや、同心さま」

竜之助の表情を見て取ったのだろう。ふいに不安げな顔に変わった。

「どうかしましたか？」

「ああ、まずいことがあったぜ」

「何が？」

「塗り師の半助が殺されてた」

「えっ」

「重六は知ってのとおりの大怪我だ。屋根に獅子頭をあげるのはむずかしくなるかもしれねえな」

「なんという……」

「それで訊くんだが、本当ならあそこに鬼瓦があがるはずだった。それが塗りの獅子頭になることで、文句を言ったりしてたやつはいなかったかい？」

「文句をねえ」

「たとえば、大工の棟梁などは、変なことをされると怒ったり？」

「そんなことはなかったですね」

「鳶の人たちは？」

「反対なんかしていませんよ。だいたい、今度の普請については、しみったれたことはいっさい言ってないんです。大工衆や鳶の衆にも大盤振る舞いをしています。鬼瓦の取り分くらい減ったって……あ」

「いたのかい？」

「鬼瓦とは関係ないんですが、その真ん前に、小さな小間物屋がありますでしよ」

と、指差した。〈松江堂《しょうこうどう》〉と看板が出ている。

この通りにしては珍しいくらい間口の狭い店である。それでも二間ほどはあるのだから、ほかの通りに行けば立派なものだろう。

「あるね」

「そこのあるじ、といってもまだ若いんだけど、獅子頭をあんなところに飾るなと言ってきましたよ。獅子は死死だ。縁起が悪い。死人が二人出るぞと、なんだか訳のわからないことを言って、息まいてましたな」

十一

「ごめんよ」

と、竜之助はのれんをわけた。文治は後ろに控えた。

「なにか」

店先に突っ立っていた松江堂の若いあるじは、なかなかいい身体をしていた。長身の竜之助が見上げるくらいである。小間物屋の商売では重いものを持つことも少ないはずだが、肩のあたりの筋肉も盛り上がっていた。

しかも、髭《ひげ》が濃く、強面《こわもて》でもある。

「町方の者だが、訊きてえことがあってな」

「あ、はい」

声が震えた。

「座らせてもらうぜ」

「どうぞ」

腰をおろした。

「いい身体だ。小間物屋には勿体《もったい》ないね」

「そうでしょうか」

「なんか武術はやってるのかい？」

「おやじが相撲《すもう》好きだったもんで、生きている時分は無理にやらされましたよ」

「へえ」

「あれは怖いです。睨み合って、頭で当たるんです。当たったときはすごい音がします」

顔をしかめて言った。

「あんなこと、いきなりやったら、素人は頭が砕けます。だから、ふだんから柱に頭をぶつけたり、棒で叩いたりして鍛えるんです」

「すごいね」

「すごいというより異常でしょう」

このあるじ、話すときに竜之助と目を合わさない。

見かけは豪傑ふうだが、じつは恐ろしく気弱なのかもしれない。そういえば、この前もそんなやつがいたし、お佐紀も少なくないと言っていた。

「棒でね。あんたもそういう棒を使ってたんだ?」

「あ、いや、昔はね。もう捨てちまいましたよ」

あわてた気配があった。重六は棒で殴られていた。

「あそこに大きな獅子頭が載るってことは知っていたよな」

上がり口に腰をかけると、横側の出入り口のところからちょうど普請中の屋根が見えた。ここからだと、獅子頭に見下ろされる感じになる。

「もちろんです。試しに載せてみたり、いろいろやってましたからね」

と、憂鬱《ゆううつ》そうに答えた。

「まだ、完成してなくて、これから色を塗るんだってな」

「ああ、そうですか」

「あんた、この二階で寝泊まりしてるんだろ」

「ええ」

「家族は？」

「いませんよ。母親が先に死んで、おやじが四年前に」

まだ目を合わせようとしない。

「獅子頭があそこに置かれたら、毎朝、雨戸を開けるたびに睨まれるみたいに思うだろうな」

「嫌なこと言わないでくださいよ」

若いあるじの声が震えた。

「しかも、ここからだって見えるぜ」

「……………」

「あの獅子頭がまた、やけに大きな目玉をしてるんだよな」

「……………」

声だけでなく、身体も震え出した。

「二人の塗り師はよく大島屋に来ていたよな。何色にすれば空に映えるか、頭の中で想像していたんだ」

「そうなんですか」

「あんた、そいつのあとをつけてただろうが」

「何をおっしゃってるのか」

「いっしょに木挽町まで来てくれよ。そいつの長屋の住人には見られているはずだぜ」

「え」

泣きそうな顔になっている。

「それとも、こっちに連れてこようか？」

「……………」

「やったんだろ？」

「何がですか？」

「わからないでもねえんだ。相手の目を見るのが苦手だって気持ちは。もしかしたら、裏切られたり、人が信じられなくなったりしたことがあるのかもしれねえ。だが、殺すってえのはやりすぎだぜ」

「殺すだなんて……」

「おいらの目を見て言いなよ」

あるじはふいに立ち上がり、逃げようとしたが、竜之助の手ががっちり帯をとらえて離さなかった。

十二

竜之助と文治がちょうど重六の見舞いに来たときだった。宗庵は近くに往診に行き、まもなくもどるとのことだった。

「あ、目が」

先に来ていた長屋のおちかが、小さく叫んだ。

重六の目がきょろきょろ動いていた。

「重六さん」

おちかが呼んだ。

「おちかさんじゃないか」

そう言って、重六は起きようとする。おちかがあわてて肩を押さえた。

「まだ起きちゃ駄目だよ。無理しないで」

「ここは？」

「宗庵先生というお医者さまのところだよ」

「あ、おいら、殴られたんだっけ」

ちゃんと記憶はある。声に力こそないが、頭ははっきりしている。

「ちょっといいかい」

竜之助が声をかけた。

「おいら、町方の者で、あんたを殴ったやつを追いかけていたんだがね」

「なんとなく見覚えはあったけど、知らないやつでしたよ。あんな気味の悪いものをつくるのはやめろと声をかけられましてね。でも、誰の差し金だったかは、だいたい見当がついてます。おいらの仕事を邪魔しようとするやつは、そいつしかいませんから」

「誰だい？」

「言いたくはねえんですが、半助といって、若いときからいっしょに仕事をしてきた仲です。まさか、あんなくだらねえことをしてくるとは、思いませんでした。職人として尊敬してたくらいなんです」

「ところが、半助じゃねえんだよ」

「え、あいつ、半助に頼まれて後をつけていたんじゃねえんですか？」

「違ったのさ。半助とあんたが競ってることは知っていたので、そんなような言い訳をしたんだろうな」

「誰だったんです」

「普請中の大島屋の前にある小間物屋のあるじさ」

「ああ、だから、見覚えがあったんですね」

「毎日、獅子頭に睨まれるのがひどく嫌だったみたいだな」

竜之助がそう言うと、重六は驚いた顔をした。だが、単純な怒りは表わさない。たぶん、人にはいろんな性向があることをつねづね感じているのだろう。

「じゃあ、半助は？」

「半助なんだがね、かわいそうに殺されたよ」

と、殺されたわけも説明した。

「なんてこった。じゃあ、あいつも正々堂々と勝負するつもりでいたんですね」

「そうだよ。色を塗った絵を何十枚と書き散らしてあったぜ」

「そうでしたか」

重六はしばらく目を閉じていたが、

「ずっと夢を見てましてね。獅子頭の塗りにかかっているんですが、なかなか色が決まりません。そこらは現実と同じですね。だが、夢ではこれしかないと決めたんです」

「何色だい？」

「濃い緑色です」

きっぱりと言った。

「へえ」

竜之助は文治と顔を合わせた。それは、半助も使っていた色だった。そればかりか、お佐紀も瓦版でその色に塗っていた。

「これだと、青空にも曇り空にも映えるはずです。しかも、上品だし、町の景色の邪魔にもならないはずです」

「なるほど」

「あとは髪を金色に、鼻は黒ですが、口の端などに赤をうまく使うつもりです。いい仕上がりになるはずですよ」

夢を見るように言った。

と、そこへ——。

宗庵がもどって来た。

重六を見て、目が輝いた。

「意識がもどったかい？」

「ええ。ご心配かけました」

重六が答えたので、ますます驚いてしまった。

「おちかさんの介抱のおかげだよ」

「そんなことありませんて」

「いやあ、ずいぶん呼びかけていたもの。重六さん、獅子頭が待ってますよって」

おちかの頬が赤くなり、そんなおちかを重六は嬉しそうに見つめた。

十三

徳川宗秋は、築地《つきじ》の蔵屋敷を出ると、芝《しば》のほうへと歩き出した。

満月を過ぎ、欠けはじめた月だが、提灯《ちょうちん》がいらないくらいに明るい。汐留川《しおどめがわ》に沿った道を歩いた。

このあたりは、ここが江戸かと思うくらいに静かである。

まだ六ツ半（午後七時）くらいだから、通りに出ればまだまだ賑わっているはずだが、ここは人っ子ひとり見かけない。

右手は大きな大名屋敷の裏手の塀がつづいている。左手に汐留川が流れ、川の向こうはお浜御殿である。鬱蒼《うっそう》と樹木が茂り、ねぐらにしているカラスたちの羽ばたきが聞こえるくらいである。

芝あたりの女郎屋で飲むつもりだった。

そういうところがいちばん気が休まるのだ。美しくはないが、気取りのない女たち。金への慾は首にぶらさげているように明らかだが、あとはあけっ広げである。犬や猫と遊ぶようにじゃれ合うこともできる。

吉原あたりで段取りだらけの面倒な遊びをするより、よほど面白かった。

その男は後ろから追いかけてきた。

足音を隠すつもりもないらしかった。

宗秋はゆっくり振り向いた。

覆面をしていた。身体は宗秋ほどではないが、五尺七寸（約百七十センチ）ほどはあるだろう。

すでに抜刀し、下段に構えながら迫ってきていた。

宗秋も刀を抜いた。

「なにやつじゃ」

誰何《すいか》した。

「……」

答えずに斬ってきた。

宗秋は受けずにのけぞってかわし、刀を引き上げるところを見計らって剣を突き出した。通常なら、これは受け切れない。

振り切った刀をもどす際に、全力で引き上げる。そこを襲うのだから、受けようがない。

ところが、この男が刃を回すようにしてこれを受けた。

「ほう」

宗秋は感心した。

目がいいのだ。こっちの細かい動きを完全に見てとっているのだ。

覆面の男は青眼から刀を引き寄せた。そのまま動きが止まった。安定しているようだが、しかし次の動きも秘めている。どう動くかも読めない。

——なんと、柳生新陰流《しんかげりゅう》ではないか。

これは意外だった。江戸の柳生新陰流にこれほどの遣い手がいるとは知らなかった。いるとしたら、徳川竜之助か、その竜之助に風鳴の剣を教えたあの柳生清四郎くらいのものだろう。

だが、柳生清四郎は雷に打たれ、こうした足さばきはできないはずである。

――だとしたら……。

宗秋は覆面の男の動きを凝視した。

さらに斜めに構えたまま、左手に動いたかと思うと、こちらの腕を狙ってきた。鋭い剣である。これをぎりぎりまで待って、巻き上げようと思ったが、宗秋は腰を下ろし、上段へと引いた。

そこから覆面の男は真っすぐ振り下ろしてくる。

「うおっ」

思わず飛びすさったほど、勢いのある剣だった。

だが、わずかな異変も察知していた。

この男は、左の手を怪我しているようだった。右手に添えるだけで剣を振っているように思えるのである。

――たしか、徳川竜之助も左手を怪我しているのではなかったか。

それは尾張家の密偵が報告してきていた。おそらく、死んだ倅《せがれ》の柳生全九郎によって、切り落とされ、奇蹟的につながったものであると。

これはもう、手加減などしている場合ではなかった。

――決着をつけるか。

宗秋は、いずれやって来るはずの、風鳴の剣と雷鳴の剣の対決を、もうすこし先のことと予想していた。

だが、世の中が激動するいま、江戸と尾張が雌雄《しゆう》を決するのは、焦眉《しようび》の急であるのかもしれなかった。

宗秋は大刀を右手一つで持ち、左手で小刀を逆手で引き抜いた。それを軽く回すように持ち替える。

二刀流である。

覆面の男は目をみはった。しかし、見開いた目には、驚愕《きようがく》も恐れもなく、喜びがあった。

「雷鳴の剣のおでましか」

「ほう」

雷鳴の剣を知っているのだ。

「かつて、一度だけあったらしいな。二つの秘剣の対決が」

「え？」

「将軍吉宗公と尾張藩主宗春が、風鳴の剣と雷鳴の剣で相戦った。その結果、雷鳴の剣が勝利した」

「なぜ、それを?」

これには宗秋も驚いた。

この男が言ったように、二つの秘剣の対決は雷鳴の剣が勝利していた。だが、そのことは極秘とされ、とくに敗れた江戸においてはもはや知る者すらいないのである。徳川竜之助ですら、それは知らないはずである。

——では、この男は尾張の者なのか。

なんとしても、この男の覆面を取り、正体をあばかなければならなかった。

宗秋は、大小の剣を上へ向けた。月は覆面の男の背後にあった。

太陽もなければかがり火もない。かすかな月の光である。

それでもこの剣は闇の中で大きな力となる。

月の光をとらえきった。月は二つになって、男の目に突き刺さっている。

「ううう」

男が呻いた。

「さあ、こい」

宗秋は挑発した。

「こなければこっちが行くぞ」

そのときだった。

覆面の男はわきの汐留川へと飛び込んだのである。

「なんと」

宗秋は暗い水面をのぞきこむ。

男は深くもぐったらしく、小さな泡の音だけがかすかに聞こえるばかりだった。

第三章　そばがない

一

福川竜之助と文治が京橋界隈《かいわい》を歩いている。朝から内神田一帯をざっと回ってきたところである。雨が降りそうな天気だったが、降らずにすんだ。西のほうの空には晴れ間も見えていた。

一度、奉行所にもどり、とくに何もなければ、午後は日本橋北界隈を回る予定である。

白魚河岸《しらうおがし》のあたりに来たところで、与力の高田九右衛門とばったり会った。

「お、福川」

高田は嬉しそうな顔をする。同心たちの多くは、この与力をひどく嫌っているが、竜之助はそうでもない。高田も竜之助のことを好いてくれているようである。

「高田さま。こんなところで何を？」

「うむ。ちょっとな。いろいろ考えていたのさ」

にやにやしている。

ずいぶん楽しいことを考えていたらしい。

「昼飯は食べたか？」

「いえ、まだです」

ちょうど腹が鳴りはじめていた。

「うまいそば屋がある。おごってやるから入ろう」

「ああ、そいつは嬉しいなあ」

「すぐそこだ」

高田はさっさと歩き出す。

「高田さまに飯を誘われて、嬉しそうに応じるのは、福川さまだけでしょうね」

文治が小さい声で言った。

「そうかい」

「矢崎さまだったら、親が死んだのでとか嘘を言ってでも逃げますよ。もっとも、矢崎さまのことは誘わないでしょうが」

「あれでなかなかいい人なんだぜ」

竜之助は本気でそう思っている。ただ、同心のあれこれをくわしく書き記すあの閻魔帳《えんまちょう》だけはやめてもらいたいのだが。

「ここだ、ここ」

店の前で嬉しそうにのれんを指差しているところなどは、じつに好々爺然《こうこうや》としているではないか。

のれんには〈長寿庵《ちょうじゅあん》〉とある。〈藪《やぶ》〉とか〈砂場《すなば》〉とかより、年寄りが喜びそうな店名である。

店に入った。中はとくに変わったつくりではない。

品書きを見て、竜之助は言った。

「あ、うどんもありますね」

「わしはそばしか食ったことがないがな。おい、ざる」

「あっしは、もりを一枚いただきます」

文治は遠慮がちに言った。

「何でもいいですか？」

と、竜之助は訊いた。

「もちろんだ」

「じゃあ、おいらは玉子とじうどんを」

値段はざるの倍近くするが、ごちそうしてくれると言われたときは遠慮しないことにしている。

「なんだ。そばがうまいと連れてきたんだぞ」

高田が文句を言った。

「あ、そうでしたっけ。じゃあ、そばに変えて」

「よいよい。食いたいものを食うのがいちばんだ」

と、にこにこした。

文治はそっと、気味が悪そうな顔をした。

それぞれ注文したものがきた。

「あ、これはうまいそばですね」

一口食って、文治が言った。

「だろ。噛んだときの味わいに独特の風味がある。信州《しんしゅう》のそばではない気がするのだが、店主に訊いても教えてくれぬ」

高田は味見方与力を自称するくらいで、味にはうるさい。じっさい、そのほうの能力はたいしたものだと、竜之助も感心しているのだ。

「高田さま。うどんもなかなかですよ」

「ほう、そうかい」

「じつは最近、そばよりうどんのほうが好きかなと思ったりしまして」

「なんだ、江戸っ子だったらそばだろう」

「そうですよね」

と、竜之助もそうは思っているのだが、うどんもおいしく思うのだから仕方がない。

そもそもがうどんという食いものの太さが好きである。腹が減ったとき、あの太さを口に入れるときは幸福感すら覚える。

「あ、そういえば」

文治が何か思い出した。

「どうした？」

「いや、うまいうどんを食わせる店があるんですがね……」

と、変な話をはじめた。

二

日本橋の目抜き通りで、室町《むろまち》のあたりから東側に一本入った道だという。

暮れ六つ（午後六時）の鐘が鳴り出すころ、いつも屋台のそば屋が店を出す。

昼間はともかく、夜はたいして人の通るところではない。なにせ大店が多いので、暮れ六つにはぴたりと店を閉め、こづかい稼ぎのような小さな商売はない。

ふつうはここに屋台の店を出さないだろうというところである。

なおかつ、素っ気ないような商売らしい。

看板にも「そば」としか書いていない。

屋台のあるじはまだそれほど歳を取っていない。三十ちょいといったあたりらしい。

この店には不思議なことがある。

行くといつも、

「そばはなくなっちまいまして」

と、申し訳なさそうに答えるのだ。

「まだ、開けたばかりなんじゃねえのか?」

客は文句を言う。

「そばがぱあっと売れちまいましてね」

「じゃあ、店を閉めたらいいじゃねえか」

そう言うと、

「うどんならあります」

と、答える。

二人に一人は、別のそば屋を探すのも面倒で、

「じゃあ、うどんでいいや」

と、なる。

このうどんが、うまいのである。

「うまいね、これは」

「そうですか」

「腰があるし、嚙みしめるといい味がする」

「そいつはどうも」

「こんなうまいうどん、ひさしぶりだよ」

「どうぞ、ごひいきに」

客は通うようになる。

たまには看板のそばを食ってみようと思うが、いつもそばはない。だが、客はうどんが食えれば満足する。

そういうそば屋の話である……。

「なんだ、そりゃ？」

と、高田九右衛門が言った。

「食通の高田さまもご存じなかったですか？」

「文治も食ったのかい？」

「あっしも食おうと思ったんですが、なんせ並んでましてね。店を開けるときにはもう、二、三十人並んでいるんです。だから、雨でも降って、客がすくないときに出直そうと思いまして」

「それほどかい」

そこへ竜之助が、

「だったら最初からそばなんかないんだろ？」

と、疑問を呈した。

「あ、そうですよね」

文治もうなずいた。

だが、高田九右衛門はそんなことはどうでもいいらしく、

「そのそば屋は知らなかったなあ。うむ。近いうちにさっそく行ってみることにしよう」

と、ぶつぶつつぶやいていた。

三

数日後——。

朝いちばんで、同心部屋に報せがきた。

日本橋界隈で幅を利かせている銀太《ぎんた》という岡っ引きである。

いつもは「お前、同心か」と言いたいくらい、大きな態度をしているが、今日はめずらしく慌てている。

「盗みです」

「たかが盗みだろ」

定町廻り同心の矢崎三五郎はのん気な顔で言った。

「三千両、やられました」

「なんだと」

矢崎の顔色が変わった。

三千両はそこらの店にはない。大名屋敷か、大店か。大名屋敷の盗難は町奉行所にはまず報せがこない。

「どこだ？」

「日本橋の室町です。〈北海屋《ほつかいや》〉という大きな海産物問屋です」

「ああ、北海屋か」

店先に大きな熊のはく製が飾ってある。

ここの海苔《のり》は贈答用として人気があり、高級品扱いされていた。

「死人や怪我人は？」

「いません。誰も怪我はしていません」

「金だけか」

「はい、いつの間にか消えたそうです」

であれば、検死の役人はいらない。

念のため、例繰方《れいくりかた》の脇田《わきた》順之介《じゆんのすけ》という若い同心を一人連れて行くことにして、矢崎と竜之助、それに文治が、報せに来た銀太とともに駆けつけた。

室町まで来ると、北海屋の番頭が店のだいぶ手前で待っていて、矢崎たちを止めた。

「くれぐれも、お客さまには気づかれないように」

三千両取られても、まだ体裁を気にするらしい。さすがに大店というべきだろう。

「うむ」

矢崎はうなずき、足をゆるめた。

じっさい、店はなにごともなかったふうである。

繁盛している。

そっと裏手に案内された。大店の裏手ともなると、ずいぶん奥に行く。

「蔵はこれです」

と、番頭が指差した。

一つではない。三つ並んでいる。

いちばん手前の蔵で、母屋ともつながっている。

「この蔵から盗まれたのか？」

と、矢崎が見上げながら訊いた。まわりに濠がないのが不思議なくらい、お城並みに大きく、頑丈そうな蔵である。

「そうなんです」

番頭も不思議そうに言った。

連絡を受けたらしく、あるじがやって来た。

「北海屋熊蔵《くまぞう》でございます」

丁重に頭を下げた。店先の熊のはく製は、あるじの名前にちなんだものらしい。

「いってえ、どういうことだい？」

と、矢崎が訊いた。

「あたしが番頭とともにきて、毎朝、蔵に入ります。昨日の儲《もう》けをここにしまったり、あるいは支払いのための金を表に持って行ったりもします。今日、カギを開けて入りましたところ、千両箱が三つ、消えておりました」

「朝なのだな。なぜ、夜のうちにやらぬ」

「夜は手元がはっきりしなかったり、付き合いで酒が入ったりすることもあります。また、親の代から、蔵は朝に入るよう言われていたこともありまして」

「なるほど」

錠前を見た。いかにも頑丈そうな錠が二つかけられている。

「カギはいくつずつあるんだい？」

「二つずつしかありません。一つずつは、あたしがこうして肌身離さず持っています。それと、もう一つずつは向こうの金庫に入れてあります。ふだんはこの身につけているほうを使います」

「それでも開けられていたのか」

「としか考えられません。蔵に穴などは空いておりませんでしたし」

「いまは閉じてあるな」

「はい。念のために向こうの金庫のカギもこれこの通り」

と、腹巻きから四つのカギを取り出して見せた。

「千両箱は全部盗まれたのかい？」

と、竜之助がわきから訊いた。

「いえ、全部ではありません」

まだまだありそうな雰囲気だった。

四

矢崎が竜之助に小声で声をかけてきた。

「どうだ、何かわかったか？」

「何もわかりませんよ。いま、ざっと聞いただけじゃねえですか」

竜之助は呆れて答えた。

「例繰方としてはどうだ？」

矢崎は脇田順之介に訊いた。

「どうだとおっしゃいますと？」

脇田は、生意気そうな顔で訊き返した。

まだ二十歳をいくつか過ぎたばかりの若い同心である。秀才と評判で学問所では成績筆頭だったが、お城に入れと言われたのを断り、町方の同心に収まったという変わり種である。

「過去にこんな蔵破りの例はあったか？」

「それはもっと詳しく調べてみないとわかりませんが、蔵から千両箱がぱっと消えた例はほかにありませんね」

例繰方同心は、重々しい調子で言った。

竜之助は内心、ぱっと消えたわけではないだろうに、と思った。

「だが、これだと密室から千両箱が消えたってことになるな」

と、矢崎が言った。

「それはわかりませんよ」

脇田が答えた。

「なんでだ?」

「たとえば、こんなことだって考えられます。まず、朝、あるじと番頭が蔵の中に入るとき、隙をうかがっていっしょにさっと入ります。それで、中で一昼夜を過ごし、蔵から小判を外へ出します」

「どうやって?」

「あそこに小さな窓があるでしょう」

と、蔵の上を指差した。鉄格子がはまっているが、確かに窓である。

「あそこから、下にいるやつに一枚ずつ落とすのです」

一枚ずつやれば三千回もかかる。だが、竜之助は、それは言わずにつづきを聞くことにした。

「そうやって、次の朝、あるじと番頭がまたやって来ます。そのとき、また隙を見て、さっと出て行くわけです」

「ほう」

と、矢崎は感心したような声をあげた。

「なかなかやるな」

「そうですか」

「将来、有望だぞ」

「自分でもそう思えばこそ、お城の誘いを断って、町方に来たのです」

「なるほどな」

竜之助はうつむいて、笑いを噛み殺した。隙を見てというが、大の大人が外から中に入って来るのに気づかないなんてことがあるだろうか。

それに、一つ問題がある。

竜之助は、イチャモンと思われないよう、ほんとに不思議そうに訊いた。

「でも、小判を出したあとの千両箱はどう始末するんだい？」

「千両箱？」

「うん。蔵にはなかったんだろ？」

「それものこぎりで小さく切ってから、外に放ったのさ」

「なるほど。じゃあ、木の屑はちゃんと探しておいたほうがいいな」

竜之助がそう言うと、脇田はむっとしたような顔をした。

「矢崎さん。まだ、ほかにも考えられますよ」

「おう、脇田。まだ、あるか？」

矢崎は嬉しそうである。

「とりあえず、いまは穴とかは見当たりませんが、一度、開けたものをふさいだのかもしれません」

「おっ、そうだな。よし、もう一度、くわしく調べさせるか」

と、矢崎は言った。

「では、わたしどもの手代も呼びまして」

あるじはうなずいた。

「そうだな」

「矢崎さん。それと、屋根も」

と、脇田が言った。

「あっ、屋根も破られていないか確かめる必要もあるか」

「わかりました。では、はしごを持ってきて、屋根も調べさせましょう」

大がかりな探索が始まった。

途中、市中見回り掛かりの与力・田端清左衛門《たばたせいざえもん》が来るまで、矢崎は蔵の中央にどっかと座り、一連の調べを監督していた。脇田もそのそばに立ち、いかにも秀才めいた顔つきで、手代たちの動きを見張っている。

こうなると、竜之助のほうはさほどすることはない。

「文治、周囲をあらためようぜ」

と、店の外をぐるっとまわってみることにした。

五

日本橋からつづく室町の通りは、江戸の商いの中心地と言っていい。一丁目から三丁目まで名だたる大店、老舗《しにせ》がずらりと並んでいる。人通りも多い。毎日が祭りや市のようである。じっさい、魚河岸の市もあれば、野菜の市も立った。

竜之助と文治は、まず店の表から通りをゆっくり歩く。北海屋の間口はおよそ八間ほど。これより広い店は日本橋の南に行けばいくらもあるが、なんせ一等地の室町だから、ほかの通りの二倍、三倍に匹敵する。

じっさい客はひっきりなしである。

手代が七、八人、小僧が五、六人ほど店に出て相手をしている。

しばらくそのようすを眺めてから、わきの道に入った。長屋に入る路地ではない。ちゃんと一本向こうの横の道に出られる。

このわき道の幅は広く、隣りの建物から忍び込むのは大変そうである。

また、北海屋の建物が道に接していて、ちょっと忍び込めそうもない。

裏手の道にきた。

ここはさすがに人通りもそうたいしたことはない。大店の裏手に当たるので、店も少なく、隠居家らしき家が並ぶくらいである。

北海屋の裏手は、塀がつづいている。

「あれ？」

文治が素《す》っ頓狂《とんきょう》な声をあげた。

「どうした、文治？」

「ここって、昨日話したそば屋が出るところですぜ。そばはなくて、うまいうどんを出すって店です」

「ここか」

道をよく見ると、たしかに屋台を置いたような跡がある。

竜之助は腕組みして考え込む。

「それは気になるなあ」

「何がです？」

「三千両盗まれたこととのつながりだよ」

「ま、それはたまたまでしょう」

と、文治は笑った。

「どうかな」

「だって、この塀の高さを見てくださいよ」

たしかに見上げるほど高い。三間ほどありそうである。はしごだって届きそうにない。

板塀だが、頑丈につくってあり、押してもびくともしない。

「屋台の上に乗っても届きませんよ」

「まあ、そんな単純なことではないだろうが」

「そんなに気になるなら、夜、ここに来てみましょうよ」

「もっとも、あいつが三千両の下手人なら、もう夜鳴きそば屋なんざやるわけないでしょうけどね」

「そうだな」

それからもう一方の細道を抜け、大通りから北海屋の裏手へともどった。

裏庭はさっきよりずいぶんな人だかりとなっている。

奉行所からの人も増えていた。

大滝治三郎も来たし、与力の田端清左衛門も到着したところだった。

六

結局、蔵のどこにも怪しいところはなかったらしい。

手代たちははしごを片づけたり、汚れた着物をはたいたりしていた。

「よう、福川。やっぱり変だぜ」

と、矢崎が声をかけてきた。

「何がです?」

「三千両と言えば、千両箱三つだろう」

「そうですね」

「箱一つくらいは持って逃げることもできる。二つとなるとよほどの力持ちなら別だが、ふつうは持って逃げられる重さじゃねえ。それが三つだ。かなり大変だったはずなのに、誰も気がつかねえでいた。ここの奉公人はどいつもこいつもうすら馬鹿か」

ひどいことを言う。

「さっきの脇田さんの説はどうなったんですか？」

「あれは無理だろう」

と、さっきよりずいぶん素っ気ない言い方である。

「そうなんですか？」

「だって、結局、蔵のどこにも開けた跡もふさいだ跡もねえ。しかも、あるじと番頭のわきをさっとすり抜けるなんざ、天狗でもなければできるわけがねえ。つまり、脇田のは頭で考えただけの話だな」

脇田はちょっと離れたところで憮然《ぶぜん》としてそっぽを向いている。

「だったら、まだここにあるんじゃないですか？」

と、竜之助は言った。

「この中にか」

「ええ。とりあえずというかたちで、この店のどこかに」

矢崎はそれから与力の田端や北海屋のあるじと相談し、店の中を一通り調べてまわることにした。

家をいくつかの範囲にわけ、奉行所の者と店の手代が一人ずつ組になって見てまわることにした。

広い家だが、五組ほどでまわると、それほど大変ではない。

ただ、小判はなかなか見つからない。

矢崎は、これも脇田のでまかせといっしょかという顔で、竜之助を見始める。

「あ、もしかしたら」

竜之助は右手でぽんと膝を打った。

「なんだよ?」

「ここは風呂はどうしてます?」

と、近くにいた手代に訊いた。

「うちで焚《た》いてますが」

「案内してください」

裏庭ではなく、中庭のほうに風呂場があった。

十人くらいいっしょに入れそうな広い風呂場である。風呂釜は、外に出してあり、火事を警戒したのだろう、井戸のそばにつくられてあった。

竜之助は風呂釜をのぞき、火かき棒で探ってみた。

「これは？」

黒くなった鉄製のものを取り出した。

「鋲《びょう》みてえだな。おい、まさか」

矢崎は熱くないのを確かめて、その鉄をつまんだ。

「千両箱の隅に打ってある金具の鋲でしょう」

「焼いたのか、ここで？」

「箱はね。鉄は捨てるためにかき集めたけど、一つだけ忘れたのでしょう」

と、竜之助は言った。

小判と違って、こういうものはそこらに置かれていても目立たない。あるいは、井戸の底にでも沈んでいるかもしれない。

「おい、福川」

と、矢崎は声を低めた。

「何です？」

「ここで箱を焼いたりしてるってことは、下手人はこの店の中の男ってことにならねえか？」

「なりますよ。あれ、矢崎さんはそれを疑ってなかったのですか？」

「いや、それもあるとは思っていたが、まさかなあ」

と、憂鬱そうな顔になった。

「なんとか全員の尋問を始める前に、下手人をあげたいものですね」

竜之助はじっさいそう思った。

怯《おび》える小僧らや、年端もいかぬ娘を脅すようにしていろいろ訊き出すのは、大人よりはかんたんでも決して嬉しい仕事ではない。

「風呂は誰がいつわかすんだ？」

と、矢崎はいっしょにいた手代に訊いた。

「誰ということもないんです。最初は飯炊きの爺さんが火をつけますが、あとは入るやつが適当に薪《まき》を入れたりしてますよ。夕方に火をつけて、それから交代でずうっと入るので、二刻（四時間）近くは燃えつづけていますよ」

それだと、ここに出入りした者も特定しにくいだろう。

「じゃあ小判はどうなったんだ、福川？」

と、矢崎は訊いた。

「箱に入っていないままでどこかにあるか、あるいはおいらの予想よりも早く、すでに持ち出されたか」

「なんてこった」

矢崎は思い切り顔をしかめた。

七

その晩は、奉行所の者が三人ほど北海屋に泊まり込んで、下手人の次の動きを見張ることになった。

竜之助はこの選からは洩《も》れたので、文治とともに夜になってからもう一度、日本橋室町へ出てきた。

北海屋のわきを入って、角を曲がると、そこには今宵も屋台のそば屋が出ていた。

早くも行列ができている。いまや、そばをくれという客は誰もいないだろう。

「すごいな」

「ええ。でも、今日も出てるってことは、このそば屋は北海屋の盗みとは関わりはないでしょう？」

「それはわからねえよ。知らないうちに片棒をかつがされているのかもしれねえし」

「ああ、そういうこともありますか」

後ろに並ぼうとしたら、何人か前に高田九右衛門がいるではないか。

「あ、高田さま」

「よう、福川」

「初めてですか？」

「いや、文治に聞いたあと、すぐに並んだよ。これで三日連続だ」

「熱心ですねえ」

「それくらいうまいよ、ここのうどんは」

四半刻（三十分）ほど待って、やっと順番がきた。

「おいらは天ぷらうどん」

「じゃあ、あっしは月見うどん」

ふうふう言いながら立って食べる。

「うまいな、たしかに」

「この腰。いつも食ってるのがぬちゃぬちゃしたものに感じちゃいますよね」

「だが、こんなに混んでると話を訊くのも悪いな」

「もうあと、残りも少ないでしょうから、終わるまで待ちましょう」

　ということで、店じまいを待った。

　後片づけをはじめたのを見計らって、

「ちっと話が訊きてえんだがね」

　と、竜之助が声をかけた。

「町方の旦那が何の御用でしょう？」

　怯えた顔をした。

「別に商売の邪魔をしようってんじゃねえ。ただ、ここの店に泥棒が入ったんで、このあたりを訊きまわってるのさ」

「北海屋さんに？　そうだったんですか」

「あんたの屋台だけど、そば屋って看板だよな」

「ええ」

「でも、売っているのはうどんだけだ」

「すみません」

「すまなくはないんだ。ただ、どういうわけかなと思ってな」

「前の持ち主がそば屋だったもんで」

「そりゃそうだな。だが、あんたはうどん屋なんだから、うどんと書き換えたりしたらいいじゃねえか」

「ところが、あっしにここの商売を勧めてくれた人が、そば屋ってことでやって、うどんを食べさせるようにしろと教えてくれたんでさあ」

「変なことを勧めたもんだな」

「ええ。あっしもそう思いました。でも、そのほうがひそかな話題になって、ぜったい流行るからって」

「ほう。それはどこの人だい？」

「わからないんです。あっしが前にやっていたうどん屋が、建物を新しくするので急に立ち退《の》かなくちゃならなくなって、困っていたときに声をかけてくれたんです。この場所も、この屋台もその人が決めてくれました」

「名前も名乗らずにかい？」

「久兵衛《きゅうべえ》さんとおっしゃいました。神田で楽隠居をしてるのだとか」

「顔とかに特徴は？」

「とくにこれといって特徴はないんですが、ただ生真面目そうで、身なりも立派な人でしたよ」

まるではっきりしない話である。

「じゃあ、この屋台はその久兵衛って人から借りてるのかい？」

「そうなんです」

「店賃《たなちん》は？」

「儲かったら、月に一分でも出してくれたらと。でも、ようすを見に来たこともありません」

「その急に立ち退くことになった店ってえのは？」

「霊岸島の箱崎《はこざき》二丁目にあった店なんですが」

「流行ってたんだろ？」

「ええ、まあ、そこそこには。でも、こんなに行列をつくったことはありませんでした」

「なるほどな」

それはたしかに、そば屋を名乗ってうどんしか売らないという特徴がものを言ったのかもしれない。

八

翌日――。

くわしく訊いておいた霊岸島の箱崎二丁目の元うどん屋を訪ねた。

竜之助には、あそこでうどん屋をやるに至ったなりゆきが、どうにもつくられた道を歩かされた感じがするのだ。とりあえず、前の店の大家の話を聞くつもりだった。

ところが、当の建物の前に来てみると、

「あれ？」

竜之助は首をかしげた。

古い建物はまだ残っている。

「煮売り屋が出てるぜ」

文治が店の者に声をかけた。

「ここの大家ってのはどこにいるんだい？」

「ああ、そっちで植木を並べて売っている店があるでしょ。そこが大家さんですよ」

すぐにそっちを訪ねる。

「いま、煮売り屋が出てる家作のことを訊きてえんだがね」

と、文治が声をかけた。

「はい」

「半月ほど前に、あそこで店を出してたうどん屋を急に立ち退かせたことがあったよな」

「あ」

大家は顔をしかめた。

「ひでえことをするじゃねえか」

「あれは、あっしも騙《だま》されたみたいなものなんでさあ」

「何がだ」

「あそこでどうしてもだんご屋を開きたいんで、最初に店賃を三倍出すから立ち退かせてくれって」

「だんご屋なんかねえだろうが」

「そうなんです。いざ、うどん屋が出て行くと、どうも資金繰りが悪くなったので出店は取り止めにするって。まあ、あっしも三倍もらっていたんで、うるさくは言えなくて。そしたら、ちょうど煮売り屋が店を探してたので、入ってもらったというわけで」

「騙されたみたいって、おめえはまったく損してねえじゃねえか」

「結局はそういうことになっちまって……。それで、うどん屋には悪いことをしたなとは思っていたんですが」

大家は頭をかいた。

目先の銭に慾が出たのだろうが、そう悪党そうにも見えない。

「そのだんご屋をやりたいというのは、どういう男だった？」

と、竜之助が訊いた。

「それが生真面目そうで身なりもよかったので、つい話に乗っちまって。申し訳ありません。なにとぞ、ご勘弁を」

大家は平あやまりだが、町方が咎《とが》めるほどのことではない。

「旦那。うどん屋を助けた久兵衛と似ているみたいですね」

「同じ男さ」

「どういうことです？」

「腕のいいうどん屋に、なんとかあの場所で屋台をやらせたかったんだろうな」

「ということは、やっぱり三千両の泥棒と関係がある？」

「おおありだよ」

自信たっぷりに言った。

「じゃあ、久兵衛の足取りを追いますか？」

「いや、それよりもこの大家に見てもらうのがいちばん手っ取り早いだろうな」

「え？」

「室町の北海屋まで来てもらってさ、番頭から手代まで顔を見てもらうのさ。そのなかにだんご屋をやりたいと言った男で、久兵衛とも名乗ったやつがいるはずさ」

「へえ」

「まあ、おいらはたぶんあの男だと思うんだがね」

竜之助には当たりがついているようだった。

九

さっそく大家を室町まで連れて来た。

北海屋の店の前に立ち、さりげなく中を見てもらう。

しばらくいると、あるじから番頭、二番番頭、三番番頭、手代が八人と、ほぼ全員が顔を出した。

「どうだい、いただろう？」

と、竜之助が訊いた。

「いやあ、旦那には悪いが、あの人はここにはいませんでしたね」

「えっ、いない？」

「はあ。申し訳ありません」

竜之助の落胆ぶりに、大家はすまなそうに頭を下げた。

「あの、いま上がり口に腰を下ろした男だが、ほんとに違うかい？」

と、竜之助は番頭を指差した。

「違います。身なりが立派なところはいっしょですが、顔はまるで似てません」

「まいったなあ」

竜之助は頭を抱えた。

まるっきり見当がはずれてしまった。

十

北海屋熊蔵は見た目こそ熊に近いものがあるが、面と向かって話すと、なかなか情を感じさせるいい男だった。

一代でここまでの大店を築きあげたらしいが、そうした男に特有の押しの強さや図々しさだけでなく、他人への思いやりも感じさせた。その熊蔵が、

「合いカギ？」

と、不思議そうな顔をした。

「ええ、やっぱりどこかで合いカギをつくられたはずなんです。それしか考えられないんですよ」

「合いカギねえ。そんなはずはないんだがなあ」

と、腹巻から四本のカギを取り出した。

もし、合いカギがつくられていたら、それらを後生大事に持っていても、また楽々と蔵を破られてしまう。

「知らないあいだにつくられたんだと思います。この半月のあいだに、一人でどこかに行かれたことはないですか？」

「あ」

熊蔵の口が開いた。

「あるんですね」

「そりゃあ、あたしも男だからね。たまには息抜きをね」

「吉原ですか」

「いや、あたしは深川になじみの女がいてね」

「あ、それでしょう」

外に女がいて、女にその気があったら、合いカギなどいくらでもつくられてしまう。粘土にカギを押しつけて、型を取るだけでいいのだから。

十一

それから一刻（二時間）ほどして――。

竜之助と文治は、深川からの帰り道だった。

すでに暮れ六つが過ぎ、夜の帳《とばり》が下りてきていた。

北海屋熊蔵のなじみの女に会ってきたところだった。女の名はお染《そめ》といい、芸者ではなく、遊郭の女郎だった。

「どうも違うような気がするな」

と、竜之助は歩きながら言った。

「あっしもそう思います。あの女は、人をだまして合いカギをつくるようなことはしないと思いますよ」

「そうだよな」

家におさまった女たちからは、憎まれ、さげすまれる仕事である。そんな仕事の中で、ふて腐れ、居直り、すれっからしていく女も少なくはないのだろう。

だが、お染にはそうしたところが感じられなかった。まだ、人の良さをたっぷり残していた。笑いながらそっと熊蔵のカギを粘土に押しつけるようなことは、とてもしそうになかった。

「熊蔵が、ほかに油断するところがあったんだ」

と、竜之助は言った。合いカギをつくられたことは間違いないと思っているのだ。

「どこでしょうね」

文治も首をひねった。

たしかに忙しい男である。あれだけの大店を一代で築き、まだまだ発展させようという野心も残っている。朝から晩まで働き、つねに手代の数人は身近にいる。その隙を盗んで合いカギをつくるというのは、困難であるのは間違いない。

室町の北海屋のところにもどって来た。

三千両はまだ、店の中にある可能性も残っている。まだまだ警戒を解くわけにはいかない。

横道のあいだから、そば屋に並ぶ人たちが見えた。

「今宵も並んでるよ」

「ええ。たいした人気ですね」

「また、食っていくか」

「そうですね」

列のいちばん後ろに立った。前には二十人ほどいるだろう。

そのときだった。

ぎぎっ。

という音がして、背後のほうで北海屋の塀が開いた。

「え？」

思わぬところに隠し戸があった。そこからそっと出てきたのは、なんとあるじの熊蔵ではないか。

熊蔵はすました顔で、竜之助の後ろに並んだ。

「あれ、旦那」

「あ、同心さま」

互いに指を差し合った。

「抜け出してきたんですか？」

「そう。このうどんがうまくてね」

悪戯っぽく肩をすくめた。

「店の人は？」

「内緒だよ。住み込みの手代や小僧には夜食を禁じてるんだもの。あるじがこんなことしてちゃ、しめしがつかないよ。ただ、こればっかりはな」

「この半月のあいだにも？」

「ええと、これで三度目かな」

「一人でどこかに行かれたことはないかと訊いたはずですがね」

「だって、こんな近くだもの。厠《かわや》に行くより近いぞ」

熊蔵は塀の上を指差した。明かりがのぞいているところが、熊蔵の寝間らしい。

「あたしは北海屋なんて名乗ってるけど、生まれ育ちは大坂でね」

「そうでしたか」

「そばよりもうどんなんだよ」

「それより、ここでおかしなことはなかったですか？」

「おかしなこと……ああ、そういえば、最初に忍び出てきたとき、並んでいた連中のあいだで喧嘩がはじまったときがあったよ」

「喧嘩が……巻き込まれたんですね」

「いやあ、巻き込まれたといっても、ちょっとぶつかってきて、はずみで塀に押しつけられたくらいだよ」

竜之助が人差し指を軽く振るようにした。

「そのとき、合いカギがつくられたんですよ」

十二

竜之助と文治と北海屋熊蔵は、並んでうどんを食べ終えると、隠し戸から中へ入った。大事な話なので、そのままそっと二階へ上がらせてもらい、寝間の隣りの部屋へおさまった。

勿体《もったい》ぶった装飾はない、いかにもこの人がくつろぐのにふさわしそうな部屋である。

「すると、同心さまは、あのうどん屋はあたしを外に釣り出すための仕掛けだったというんだね」

と、熊蔵が三人分の茶を淹《い》れながら言った。

「ええ、間違いありませんよ」

「三千両を奪ったあとも、ああやってそば屋をやってるじゃないか」

文治と同じことを熊蔵も指摘した。

「それは、あのそば屋は何も知らないからです」

「だが、ずいぶん凝った仕掛けなんだね」

「ずいぶん凝った仕掛けなんだね」

「だが、まさに北海屋さんの泣きどころを突いたのだと思いますぜ」

「へえ」

「まず、あのうどんの匂いが、江戸のうどんとは違う」

「そうなんだよ。あの出汁《だし》の匂いはたまんないね」

「そして、喧嘩に巻き込むためには、ああした行列ができる店にしておきたかった。その手口の巧みなこと」

「そば屋の看板でうどんを食わせることもそうなんだね」

「あれがうどん屋で、うまいうどんを食わせたとします。それだとあそこまで評判になり、あんなに行列ができますかね？」

「なるほどねえ」

「だが、もっとも肝心なのは、別にあると思います。ねえ、旦那。旦那が夜中に抜け出してまで、あれを食いたいって思ったのは、うどんの匂いのせいだけでしたかい？」

「ああ、違うね。昔のことを思い出してしまうんだよ」

「昔のこと？」

「あたしの最初の商売も、他人の軒先を借りるところから始まったんだよ。店じまいしたあとの店の一部を借りて、暮れ六つから一刻だけ、コンブや海苔を売った。そこから始まったんだよ、あたしの商売は」

しみじみした口調で言った。

「そうでしたかい」

「だから、番頭からあのうどん屋の話を聞いたときは、どうしたって贔屓《ひいき》にしてやりたいって思うじゃないか。屋台を調達するお金もないので、そば屋の屋台を借りて、うどんを売る。たまさか話題になって流行ったからいいようなもので、流行らなかったらみじめだよ。しかも、こんな人けの少ない通りでだよ。なんでもここらは地回りからショバ代を取られずにすむんだってね」

「なるほど、そんなふうに言いましたか」

「違うのかい？」

「大きくは違わないんですが、旦那の心に染み入るように、上手に脚色されてますよ」

「脚色だって」

「ええ。たまさか流行ったけど、流行らなくてもよかったんです。そのときは、旦那が同情して出てきましたよ」

「そうかもしれないね」

「むしろ流行りすぎて心配してたんじゃないですか。ショバ代だって払っているはずです。うどん屋には気づかれないようにね」

「そこまで周到だったのかい」

「番頭さんも旦那の苦労話は知ってましたよね」

「いや」

首をかしげた。

「知らないんで？」

「たぶんな。あの番頭がうちに来たのは、ちゃんとした店を茅場河岸《かやばがし》のところに持ってからだからね。あたしはあんまり若いときの苦労話をするのは好きじゃない。なんせ、まだまだ先があるつもりだから」

たしかに、この人に回顧《かいこ》はまだ早すぎるかもしれない。

「では、それを知ってるのは？」

「茂助《もすけ》くらいだろうな」

「茂助？」

「いまは、風呂焚きをしてもらったりしてるが、あたしが商売を始めたときからいっしょだったんだよ」

「ああ」

「そこらで会ってるだろ。見かけはいかにも上品そうな、まるで大店の隠居みたいな顔をしてるよ」

その言葉に、竜之助はぽんと膝を打った。

「そうか。二人組か」

十三

翌日──。

北海屋熊蔵は、昨夜、竜之助たちがいた部屋で、がっくり肩を落としていた。たったいま、番頭の才蔵《さいぞう》と下働きの茂助が、大番屋に連れて行かれたところだった。

竜之助もいっしょに行くはずだったが、一人、ここに残ることにした。熊蔵をなぐさめずにはいられなかった。

「こんな情けないことはないね」

「……」

「あたしの責任だよ」

「……」

なぐさめようと思ったが、なぐさめる言葉が見つからない。

たしかに、大きな目で見たら、あるじの責任ということはあるのだろう。だが、信頼しているからこそ、見逃してしまったのではないか。

茂助と才蔵が二人でやったことだった。

「もともとあの番頭の商才は素晴らしかったんだよ」

「そうでしょうね」

でなければ、そばのないそば屋などという商売は思いつかない。

「ところが、バクチが好きでね。もうやめたと思ってたんだがなあ。あの人のおかげでうちもここまできた。それはあたしも胆に銘じてるから、それなりの待遇はしてきたつもりなんだけどね」

「バクチは怖いですね」

「商売だってバクチみたいなものなんだがね」

熊蔵はため息をつき、

「白状はしたのかね?」

「さっきまではとぼけたりしてましたが、ああいう根が生真面目な人はそう長くは踏ん張れなかったりします」

しかも、すでに小判も見つかった。

茂助が寝起きする部屋の畳のあいだに、一枚ずつ埋め込むように隠してあった。昨日もあの部屋は見たはずだが、下働きの部屋の畳の隙間までは調べなかった。

た。

「なんとかお情けはいただけないでしょうか」

　熊蔵はぽつりと言った。

「三千両となると」

　竜之助もこればっかりはうっかりしたことを言えない。なにせ十両盗むと首が飛ぶのである。

「三千両はね、もともとあいつらのものなんですよ」

「え？」

「ここじゃ手狭なんで芝のほうに出店《でだな》を出す予定がありましてね。支度金として準備していたんです。あの者たちはちょっと早めに持ち出したので、盗んだわけじゃないんですよ」

「なるほど」

　嘘に決まっている。だが、あるじがこの調子で言いつのれば、吟味方《ぎんみかた》の連中も心を動かされるだろう。

「そんなふうに上申書を出させていただきます」

「おいらもなんとか口添えはさせてもらうぜ」

うまくいけば、命だけは助けてもらえるかもしれなかった。

十四

数日後——。

奉行所の中で高田九右衛門とすれ違った。

今日も頬に笑みがある。

「高田さま。最近、ご機嫌ですね」

と、竜之助は声をかけた。

「そうかね」

「お花畑の中の蝶々みたいですよ」

それは言いすぎか。

「あっはっは。そなた、うちの敷地に最近、建物ができたのは知らないか？」

「ああ、そういえば」

高田は与力なので三百坪ほどの敷地をいただいている。その通り沿いの一画で何か建てていたのは見た覚えがある。

「店にするのさ」

「食べ物屋ですか？」

「そう。うまいものをつくるのに資金がなくて店を出せずにいるような若いやつがいるだろ。そいつらに安く貸してやりたいと思ってさ」

「ああ、なるほど」

高田のところは、町人地とも隣り合っている。町方役人の住まいだらけのあたりでやるよりは、客も入りやすいだろう。

「それでいろいろ人選をしてたんだが、楽しかったね」

「見つかったんですか？」

「ああ。例のうどん屋に入ってもらうことにしたよ」

「そうですか」

毎晩、並んで食べていた。よほど気に入ったらしい。

「喜んで入ってくれるってさ」

「まさか、また、そば屋の看板で？」

「馬鹿を言え。八丁堀でそんな嘘っ八の商売が許されるものか」

高田はこういうときだけは与力の重々しさで言った。

十五

雨になりそうだった。

徳川竜之助は降り出す前に役宅にたどり着こうと、足を速めた。

橋のたもとにかがり火があった。赤々と火が燃えていた。いつもはこんなものはない。常夜灯はあったが、そっちは消えていた。

——壊れたかして、かわりにこのかがり火を焚いたのか。

と、思った。それにしては、眩《まぶ》しいくらい強い炎だった。

そこを通り過ぎたとき、前に人影が現れた。

竜之助は足を止めた。

以前、北辰一刀流を遣う男に襲われた場所にも近かった。

——同じ男か。

と、一瞬は思った。体格も似ている。

だが、雰囲気はまるで違う。立ち姿も異なる。しかも、今宵の男は覆面もしている。

男は黙って大刀を抜いた。さらに、逆手に持つように左手で小刀を抜き放った。二刀流を遣うらしい。たしか北辰一刀流に二刀流はなかったはずである。

　やはり違う男らしい。

「問答は無用かな？」

　竜之助が問うと、それに答えるように斬りつけてきた。

　抜きながら、足を後ろに送ってかわした。

　そのまま小手を狙うと、小刀ではじかれた。すぐに大刀がもどってくる。これは右に飛ぶようにかわした。

　片手だけで一刀を扱うには、よほどの腕力が必要である。竜之助にしても、右手一本ではどうしても力が足りず、不自由でも左手の支えが必要だった。

　だが、この男は左右それぞれの手で楽々と二刀を遣っていた。

　すなわち、二人を相手に戦っているようなものであり、互いに助け合う剣に乱れというものがないから、なおさら性質《たち》が悪い。

　もう一度、襲ってきた。踏み込んできて小刀を頭上から振り下ろすとともに、大刀が横からきた。下がりながら大刀をはじいた。

　この剣さばきにはなじみがあった。

　――なんと、柳生新陰流か。

これまでも新陰流の刺客には襲われてきた。それらを撃退し、もう新陰流の襲来はないものと思っていた。

意外だった。

それどころかこの太刀筋は、将軍家の柳生新陰流にきわめて近いものに思えた。

恐るべき二刀流だった。

どう戦うべきか。

ただ、やはり二刀を遣うということは、疲労が早いはずなのである。

――長引かせるほうが有利か。

そう思ってゆったりと構えた。

覆面の口のあたりが震えた。おそらく笑ったに違いない。

そこから構えが変わった。

二刀が上に向かい、交差した。それがかすかに動くと、刃が赤く光り出した。

――なんと。

竜之助の背後にあるかがり火の光を反射させているのだ。それは陽の光のようには強くない。だが、闇夜の中で目を打たれれば、このうえなく戦いにくい。

それは絶えず震顫《しんせん》し、ちかちかと目に飛び込んでくる。奇妙な幻惑のようにも思えてくる。

しかも、もっとも不安なのは、この煌《きら》めきによって、相手との距離感に狂いが生じていくように思えることだった。

――もしや、これが雷鳴の剣……。

中村半次郎が書状で伝えてきたことを思い出していた。

尾張に伝わる一子相伝の秘剣。後継者の名は徳川宗秋。そして、光を利用する……。

では、この相手が徳川宗秋なのか。

竜之助はふいに現れた宿敵に驚いていた。

――これと戦うには、おそらく風鳴の剣しかない。

だが、それは封印している。

亡き柳生全九郎のためにも、あの剣をふたたび遣うことはない。

刃の光はますます強くなっているようだった。それは、まるで誘い込まれるような瞬きにも感じられつつあった。

そのときだった。

かりかりかりっ。

と、空がきしんだ。

凄《すさ》まじい光が天を走り、瞬時、地上を昼のように照らした。

雷だった。

爆発音がし、地響きがした。またも光が走った。

雨が降ってきた。激しい驟雨《しゅうう》だった。

かがり火がじゅうじゅう音をたてて小さくなった。

「これでは無理だな、徳川竜之助」

覆面の男がはじめて口を利いた。

「そなたも運がよい。本物の雷に救われたではないか」

「徳川宗秋どのか」

竜之助は訊いた。

だが、返事はなかった。

覆面の男はふいに踵《きびす》を返し、滝のような雨の中に駆け込んでいった。

第四章　当たりすぎ

一

加藤文蔵《かとうぶんぞう》は鬱々《うつうつ》としながら神田の町を歩いていた。

懐が乏しいわけではない。むしろ、特別な手当てを出してもらって、潤っていると言ってもいいほどである。

頼まれた仕事もちゃんとこなした。だから、もっと晴々としていていいはずである。

だが、胸の内には次々と不満が立ちのぼってくる。

あの巨体の男は、おれをこんな仕事のため使おうと思っていたのか。どう取り繕《つくろ》おうが、二頭の牛の喧嘩のけしかけ役、せいぜい相撲の行司のような仕事ではないか。

それががっかりだった。

はじめて会ったころは、「世に風雲をもたらす男かもしれぬ」などと言ったのである。「ぜひ手を組んで、大きな仕事を成し遂げよう」などと。それはお世辞にすぎなかったのか。

身体だけでなく、人格も、世にあろうとする心構えも、知識も、思い描く未来図も、何もかもが大きな男に思えた。だからこそ、与えられる指令のつまらなさにうんざりしてしまった。

どうせなら、田安徳川家の御曹司と、尾張徳川家の切れ者を斬れと言ってもらいたかった。

蒸し暑い夜である。

梅雨は明けたらしく、いよいよ本格的な夏がはじまろうとしている。江戸のうんざりするほど暑い夏が。

竜閑川《りゅうかんがわ》に架かった主水橋《もんどばし》を北へ渡ったところだった。

「そこな御仁《ごじん》、そこな御仁」

右手のわきのあたりで声がした。

「ん？」

道端の易者が呼んでいた。

「おれか」

「ずいぶん鬱屈しているようじゃ。観てしんぜようか」

いつもなら鼻を鳴らして通りすぎる。占いなどというのは頭から馬鹿にしている。

だが、今日は違った。

「当たるのか？」

「当たりすぎて怖いくらいだ」

「ふむ。何か変わるきっかけにでもなるとよいが」

「もちろんじゃ。まずは自ら持っている運勢というものをはっきり見据えることじゃ」

それは理があるような気もする。

「では、観てもらうか。べらぼうな値を言うなら払わぬぞ」

「それは大丈夫じゃ」

顔を見ても、さほど強欲そうではない。易者におなじみの顎髭《あごひげ》などもない。それも気に入った。

加藤文蔵は前に置かれた床几《しょうぎ》に座った。

「まず、生まれた年と月を訊《き》こうか」

「年は天保《てんぽう》五年、月は確か九月だったとか」

母はそう言っていた。満月の日にあんたを産んだのだと。

今年三十になった。仕官話はときどきあっても、じっさいどこかに仕えたことは一度もない。ぎりぎりのところで取りやめになったり、他の候補に持っていかれたりした。

この数年、仕官の話はぴたりと途絶えた。もうしばらくすると、中間《ちゅうげん》の話がくるようになると、道場の先輩から言われた。中間まで落ちる覚悟があれば何とかなると。北辰の剣はその程度にしか役に立たないのかと、情けなかった。

「住まいは?」

「近くだ。三河町《みかわちょう》の二丁目の長屋におる」

この長屋にはもう四年ほどいる。出たくて仕方がないが、いまより高い店賃《たなちん》は払えそうもない。思い切って、懐が温かいいまのようなときに引っ越してしまうのがいいのかもしれない。

その引っ越しのことも訊いてみようか。

「なるほど」

易者は住まいも紙に書いた。

「顔相を拝見」

天眼鏡《てんがんきょう》を顔の前に置いた。こんなふうに見られるのは、なんとなく嫌なものである。

「うむ」

「手相も見せてもらおう」

「ほれ」

易者は顔の特徴らしきものと、手相の線をさらさらと書いた。

その紙をじいっと眺める。

「どうだ、わかるか?」

じれったくなって加藤は訊いた。

「じつによくわかる。変わった運勢だな」

憐れんだような目で加藤を見た。

「どんなふうに?」

「力はあるのだがな。うまく用いられない。自分でもうまく発揮できないし、他人もあんたを使えない。おかしなほうにばかり利用されてしまう。惜しいな。何がまずいのだろう。努力もするし、上に行こうとする意志もあるが、上司運にめぐまれないのかのう」

どきりとした。

まさにいま、悩んでいることにつながっている。

「ああ、いかんな。まずいのと喧嘩している」

「え？」

「そいつの正体を知らないのではないか」

「……」

誰のことだろう。

徳川竜之助か、それとも尾張の徳川宗秋か。あるいは、今度のことを命じてきた西郷吉之助のことかもしれない。

「早く逃げたほうがいいかもしれぬ」

「逃げる？」

なぜ逃げなければならないのか。その理由は言わない。こういうところが占いの苛立《いらだ》たしいところである。

「はっきり言え。それではわからぬ」

「運勢というのは、これ以上、はっきりは見えぬものなのさ。あとは自分で考えることだ」

易者はふてぶてしい顔つきで言った。

さらにもう一度、手相をじっくりと見た。

「そなた、物真似はうまいな。だが、物真似は所詮《しょせん》、物真似だ。本物は永遠に越えられない。あわれなものよ」

「……」

いちばんきついことを言われた。そうかもしれないと思いつつ、自分では認めたくなかったこと。

「それで儲けたか。だが、その手の金はあぶく銭よ。さて、物真似でないものを会得できるかだ……」

言葉が途切れた。

加藤文蔵は不安になってきて訊いた。

「おい、どうなんだ？」

「ううむ。無理かもしれぬ。所詮、それくらいの人生かな」

「ううっ」

「お互い、分相応ということで生きていこう」

「お互いだと」

その言いぐさに心底、腹が立った。

こいつ、酔っているのではないか。人の運勢を酔ったたわごとのように断定していいものなのか。

だが、こいつはなぜ、そんなことまで当たるのか。

占いなどというのは所詮、口からでまかせに決まっている。そんなに当たるわけがない。

ということは、もともとわしのことを知っているのではないか。

怒りとともに疑惑もわいてきた。疑惑には恐怖も混じっている。

「そなた、どこに住んでおる」

と、加藤は訊いた。

「わしは皆川町《みながわちょう》におる」

皆川町といえば、道をはさんですぐ隣りではないか。

もしかして薩摩《さつま》の回し者ではないのか。

いまはどこの藩も密偵だらけで、わしのすることを見張らせていても不思議はない。

「きさま」

刀に手をかけようとした。

「え？」

易者の目が怯《おび》えた。

そのとき、

「一斎《いっさい》さん。今日は暇なの？」

と、声がかかった。女が一人、こっちに駆け寄ってくる。

「ちっ」

加藤文蔵は易者を一睨みすると、闇の中に歩き出した。

二

――翌朝。

主水橋のたもとに人だかりがあった。

倒れている者がいる。上から筵《むしろ》がかけられていて、はみ出した足はぴくりとも動かない。死んでいるのだ。

遺体を見てしまった者は吐き気に苦しんでいる。

首から胸へ。一刀のもとに斬られていた。その斬り口のむごたらしいこと。

当然、町方が駆けつけてきた。

「どいて、どいて」

岡っ引きの文治が野次馬をかきわけ、飛び込んだのは定町廻り同心の大滝治三郎と、見習い同心の福川竜之助である。

「うっ、こりゃあひどい」

筵を上げた竜之助が思わず顔をそむけた。

「だが、いっそ苦しまなかったかもしれねえな」

後ろで大滝が言った。そうかもしれなかった。

「誰か、わかってるのか?」

大滝が野次馬たちに訊いた。

「占い師だよな」

「毎晩、出てたよな」

「うん。たしか森《もり》一斎とかいったよ」

野次馬たちがこそこそ言い合っていた。

姿恰好を見ても、野次馬の言うことに間違いないだろう。すなわち、ここに毎晩出ていた占い師の森一斎が、一刀のもとに斬られて死んでいた。

「福川、辻斬りかな？」

と、大滝が訊いた。

「さあ」

その線がいちばん濃厚だが、だとすると面倒である。

何の理由もなく人をばっさりやる。

これがいちばん下手人をあげるのが難しい。

理由がなければ手がかりもない。誰か見ていた者がいなかったら、下手人はまずあがらない。

「占い師でもこんな目に遭うのかね」

と、大滝が言った。

「え？」

「辻斬りに遭う相が、てめえのつらに出ているなんてことはねえのか？」

「ああ。ほんとですよね」

だが、もしもそういう相が鏡の中の自分にあったとして、いったいどうやって防げばいいのだろう。辻斬りなどというのは、いつ、どこから出没するかもわからないのである。

そこへ——。

男女二人が駆けつけてきた。

「一斎さん」

「何てこった」

二人とも遺体に頭をつけて泣いた。

「あんたたちは？」

「占い師の仲間同士です。同じ長屋に住んでました」

仲間に好かれていたらしい。

「誰かに恨みを買っていたなんてことはなかったかい？」

と、大滝が訊いた。

「あの人は占いに遠慮ってものがなかったからね。あんまり言いたい放題言って、客と喧嘩になったたってことはありますが、こんなふうに殺されるほどのことはちょっと思いつきませんね」

と、男のほうが答えた。

斬られて突っ伏したため、台の上にあった紙が腹の下になって残っていた。いくらか血を吸っているが、だいぶ乾いている。筆の字もちゃんと読めた。

達筆で読みにくいが、何か書いてある。

「これが何かわかるか?」

大滝が訊いた。

「ああ、それは一斎さんが客とやりとりするときに書くものです。あの人は、四《し》柱推命《ちゅうすいめい》だけでなく、方学や人相、手相の四つを参考にして占っていましたから」

と、女のほうが答えた。

「じゃあ、これは?」

天保五年九月

「生まれた年と月でしょうね」

「こっちは、住まいか」

三河町二丁目

「ここからすぐですね」

さらに、おおまかな人相と手相が描き込まれている。

目が細く、口がへの字に曲がっている。

「顔をもうちっとくわしく描いてくれると、人相書きになるんだがな」

大滝は口惜しそうに言った。

「でも、これだけわかれば、これが誰かはわかると思います」

竜之助はそう言って、文治を見た。

文治はうなずき返し、

「もう一枚ありますね」

「こっちが先に来たんだろうな」

と、竜之助はこれも文治に見せた。

「昨夜の客は、この二人だけだったみたいだな」

大滝がそう言うと、

「ま、そんなもんです。一晩座っても、一人も来ないときだってありますから」

と、男のほうが女の占い師を見ながら言った。

「どっちかがどっちかを見ているといいんですが」

「だが、福川、それが下手人とは限らねえぜ」

「そうなのですが」

もう一枚には、

天保十一年三月
本銀町《ほんしろがねちょう》一丁目

とあり、人相と手相が描いてある。

目が大きく、口はおちょぼ口である。さっと髷《まげ》が描いてあり、島田に結っているのがうかがえる。髪の毛を描いていなかったら、男か女か、区別はつけにくかっただろう。

竜之助がそれらを手帖に写した。

「二人目は女ですね」

と、文治が訊いた。

「いや、そうじゃない。最初に女が来て、次に男が来た」

と、竜之助は言った。そういう順番のはずである。

「じゃあ、あっしはこの二人を当たってきます」

文治が小走りに本銀町のほうへ向かった。

三

「福川、この調べのつづきはまかせてもよいか？」

と、大滝がすまなさそうに言った。

「え？」

調べはまだ何も始まっていないのである。

「じつは、大坂から船で、土佐《とさ》の脱藩浪士の大物が江戸に入ったという話がきていて、そっちの調べの最中でもあったんだ」

「そうでしたか」

そういえば、矢崎三五郎が昨日から品川《しながわ》に行っているのも、脱藩浪士の動向を探るためと言っていた。

「この殺しが厄介《やっかい》なのはわかるが、浪士の大物というやつも何をしでかすかわからねえ。ちっと注意しておこうと思ってな」

「わかりました」

人手が足りないところは、町役人《ちょうやくにん》や番太郎に助けてもらえばいい。

竜之助は大滝を見送って、

「さて、お二人にちと手伝ってもらいてえ」

男女二人の占い師のほうを向いた。

「そりゃあ一斎殺しの下手人をつかまえるためでしたら」

二人はうなずいた。

「まずは、二人の名前を教えてもらおうかな」

「ええ。あっしは四柱推命と姓名を占う広心堂《こうしんどう》と申します」

「あたしは人相、手相を観ます天兆斎《てんちょうさい》です」

「じつは、あっしらは夫婦でしてね」

広心堂は額をぴたっと叩いて照れてみせた。

「そうだったかい。じゃあ、あんたたちに、この紙に書かれた二人が見つかる前に訊いておきたいのさ。一斎がもし、この二人を占っていたら、どんなことを言っていたかを教えてもらえねえかい」

と、一斎が残した紙を示しながら竜之助は言った。

一斎を斬った男は、客ではなかったかもしれない。だが、客であれば、ここで占われたことも無視できない気がする。なにせ、手がかりが少ないときは、どんな些細《ささい》なことも検討する必要があるのだ。

「そうですか。ただ、同じ四柱推命といっても、あっしらはほかの占いも組み合わせたり、あるいは目の前の当人から受ける感じなどで、言い方もだいぶ変わったりするので、一斎とまるっきりいっしょにはならないと思いますよ」

「うん。それでいいんだ。頼むよ」

「わかりました。じゃあ、まず、あっしの占いからいきますと……ああ、この人の運勢は上にいる人によってずいぶん変わりますね。その人との相性がいいか悪いかで人生はまったく逆になります」

「ほう」

竜之助はこれらの占いもちゃんと手帖に記した。

「それと、この人は短気ですね。すぐカッとなる」

「短気ねえ」

「それで失敗しますよ、きっと。自尊心は強いんだが、そのくせ強い者の言いなりになる。まぁ、大人しく宮仕えをするとか、大店で働くとかしていればいいが、おかしな独立心を持ったりすると面倒なことが起きますな」

「なるほど」

「今年は駄目だね」

「駄目？」

「ああ。おとなしくしてることです。でっかいことをやろうなんて思ったら、とんでもないことになる……まずは、こんなところでしょうか。易者ってえのは、こういうことを言いながら、相手の顔色もいっしょに観ます。いちばん気にしていることや、うなずいたことなどで、話の方向をそっちに持っていったりもします。だから、ここらはきっかけみたいなものですが」

「まるで、剣術の立ち合いみたいだね」

と、竜之助は感心した。

「あれ？」

「どうしたい？」

「いや、ちょっとこれは勘みたいなもんだが、この人は特異な能力を持っていますね」

「特異な能力？」

変な言い方である。占い師の符牒《ふちょう》みたいなものか。

「人と違った才と言いますか。なんだろう、何かをなぞるみたいな才」

「なぞる？」

「ああ、駄目だ。わからなくなった。一斎さんなら、わかったかもしれませんね」

「こっちの女の人はどうだい？」

「これはね、短気じゃないんだが、気はきついですよ。男まさりだ。仕事なんかもばりばりやる。あ、いまは運気もいいよ。今年から来年は最高の運。調子いいんじゃないの。お金もいっぱい入ってきてると思うよ。ただ、身体は注意したほうがいいな。とくに手先、足先。湯に入るときはゆっくり浸かって、指だのをよく揉《も》んでやるといいよ」

なんだか自分が占われているみたいな気がしてくる。

「女はこんなところですか」

「この人たちの運に、いま言ったことよりもっとひどいことが起きるかもしれねえなんてことはないかな？」

「あ、こっちのほうにはあるね」

と、男のほうを差した。

「どんな？」

「調子に乗ってると、ばっさりやられることがある」

「ばっさりねえ」

やられたのは一斎である。

「ま、ばっさりというのは、本当に刀でやられるとは限りませんよ。浪人したり、信頼している人から見捨てられたりというのもばっさりでしょう」

「ほう。そのあたりまで客にも言うかね」

そんなことを言われたら、気の弱い人なら、次の日から生きる気力までなくしてしまうのではないか。

広心堂はちょっと考えて言った。

「それも相手を観てですね」

四

次は天兆斎に見てもらうことにした。

「人相と手相は、これだけだとちょっとねえ」

「駄目かい?」

「だいたい一斎さんがこういうふうに描くのは、客を引き付けるためみたいなものなんです。占ったり、顔色を観たりするのにも、まずは引き付けるのが基本ですから」

「なるほど」

それも剣術といっしょである。いくら強くても、相手が遠ざかっていくだけでは、剣は届かない。

「大雑把なことだけでいいですか?」

「もちろん」

「男は短命ですね。身体を悪くしてるかな。酒も飲みすぎてるかも。あたしなら、まず、それを注意しますね」

「なるほど」

竜之助は手帖につけながら、そういう注意は守る人もいれば、逆に自棄《やけ》になる人もいそうだと思った。

「女は……あ、この人は男好きに見えて、意外に男には初心《うぶ》ですね。いまも、仕事ばかり夢中になってるけど、こういうのはちょっと甘いことを言われると、ころっといったりするんですよ」

「へえ」

そういう見分け方ができたら、女にもずいぶんもてるだろう。今度、伝授してもらおうか。

「それよりも、旦那」

「え？」

「旦那の人相はいいですねえ」

「おいらがかい？」

「ちょっと、手相も観せてもらえますか？」

「かまわねえよ」

と、手を差し出した。

「あ、左手のほうを」

そういえば、手相はたいがい左手で見ると聞いたことがあった。

「こっちはあまり動かねえんだがね」

それでも差し出した。

「お怪我を？」

「うん。ぽろっと」

「ぽろっと？」

「手首から斬られてね」

竜之助が言うと、なんだか懐から饅頭《まんじゅう》でも落ちたみたいである。

「それでくっついたんですか？」

「医者がよかったんだろうね」

「ああ、違います。運勢が強いんです、旦那は」

「強いかなあ」

「強いですよ。竜の運勢です」

天兆斎はきっぱりと言った。

「名前にも入ってるからね」

「でも、人の上に立とうとかは思わないんですね」

「そんなことは思わないね」

「そのかわり、人をいっぱい救いますよ、旦那は」

「そりゃあ嬉しいよ」

「ただ、親の運はあまりめぐまれませんね」

「そうだね。ずっと下のほうの末っ子だから、父は早く亡くなったし、母も生まれたときからいなかったらしいよ」

「何をおっしゃっているんですか。いますよ」

天兆斎は手を観ながら言った。

「ほんとの母じゃないだろ」

「いや、ほんとの母上ですよ。あ、意外に近くにいますよ」

「へえ」

近くとはどのへんだろう。品川か、千住《せんじゅ》か。神田か、芝か。

「逢えますよ、きっと」

「逢えるのかい。なんか、照れちゃいそうだね」

と、竜之助は笑った。まあ、そこらは半信半疑どころか、ほとんど信じていない。

天兆斎は名残り惜しそうに竜之助の手を離したが、今度は顔を正面から見つめてきた。

天兆斎はずいぶんものわかったようなことを言うが、まだ若いのである。竜之助よりも年下ではないか。そんな女から、こんなに近くで見つめられたら、やはり恥ずかしい。

「目を逸《そ》らさないで」

「はあ」

「あたしを見て」

「こうだね」

「あら、いいなと思っている女が二人いますね」

「えっ」

どきっとする。それは、やよいとお佐紀のことだろう。

「どっちもいい人ですよ」

「どっちもねえ」

「まあ、片方はずいぶん色っぽいのねえ。でも、嫌らしくはない。愛らしい色っぽさ」

「たしかに」

だから、あれだけ色っぽいのに、いままで何ごともなく同じ屋根の下で暮らすことができたのかもしれない。

「もう一方は、あ、この人は賢いのねえ。それもまっすぐな賢さ。ずるいところはありませんよ」

「当たってるなあ」

「どちらと結ばれても幸せになれると思います。それは、同心さまがおやさしいからですね。ああ、女は幸せ。こんな男の人に想われたら」

なんだか天兆斎の目がうっとりしているような気がする。

だが、どちらと結ばれてもといっても、二人は選べない。どっちにしたらいいのだろうか。大いに迷うところである。それをどう、決断したらいいのか、そのあたりも訊きたい。

と、そこへ――。

「女が見つかりました」

と、文治がやって来た。

「早いな」

「ええ。すぐそこでしたから。髪結いをしているおもとという女です」

「よし、行こう」

占いも気になるが、いまはそれどころではない。

五

おもとはすでに易者が殺されたことを聞いたらしく、神妙な顔をしていた。

「驚いちゃいましたよ」

「だろうな。それで、もしかしたら殺したやつは、あんたのあとに並んだ男かもしれねえのさ」

「まあ」

「誰かいなかったかい？」

「あたしのあとに？」

「そう。並ばなかったかい？」

「並びませんよ、あんなへぼ易者に」

吐き捨てるように言った。「気はきつい」と言った広心堂の占いは当たっていたらしい。

「でも、あんただって当たると思うから観てもらうんだろ?」

「気休めみたいなものですよ。全部、本気にしたら生きていけません。とくにあの人の言うことは」

「辛辣《しんらつ》なんだな?」

「歯に衣《きぬ》を着せないというか。昨夜だって、せっかくひさしぶりに観させてやったのに、あんたは男の甘い言葉にころっとだまされるから、気をつけろって」

「親身な忠告だろ?」

「そんなこと言われたら、いま、付き合ってる男を信用できなくなるじゃないですか」

「なるほど。ま、それはともかく、あんたのあとはいなかったのか……」

だとしたら、男はあいだを空けてやって来たのだ。すると、占いも手がかりにならないし、目撃者もいないことになる。

いや、あの紙がもう一枚あって、下手人が持ち去ったということもあるか。下手人なら、あんな重要な手がかりになるものを残しておくのがおかしい。

だが、そういうところまで気がまわらなくなっているやつが、あんなひどいことをするのかもしれないし……。

考え込んでいたら、

「でも、あたしの前には誰かいたみたい」

と、おもとは言った。

「前に？」

「ええ、座って占ってもらってたみたいだったけど、あたしが近づくとすぐ、どこかに行ってしまいました」

だが、男の紙はおもとの紙の上にあったのである。前に来ていたなら、おもとの下になっているはずではないか。

これは、おかしな話である。

おもとの前にいたなら、下手人ではない。であれば、紙を持ち去る意味もない。それがないということは……。

「どんなやつだった？」

「それが暗くて、すぐにいなくなったもんだから。でも、袴をはいてました。おそらく町人じゃなかったような気がします」

町人も袴をはかないわけではないが、儀式だとか正式な場所とかでしかはかない。占い師に観てもらうときにはいていれば、武士か浪人だろう。

あの斬り口もまず町人のしわざではない。

もしかして、そいつ、もう一度、引き返してきたということはないだろうか。

「そういえば、一斎さん、あたしの占いが終わったあと、変なこと言ってましたっけ」

「なんて」

「わしに死相は出てないかって訊いたんです」

「死相が？　なんて答えたんだ？」

「あたしがそんなこと、わかるわけないじゃないですか。だから、自分で占いなさいよって」

「どうした？」

「占ってましたよ。銭を宙に放って」

「四柱推命じゃねえのか？」

「そっちは自分じゃわからないんですって。だから、自分のことを占うときは銭の裏表でやるんだとか。生きるか、死ぬか。どっちかしかないんですよ」

「ずいぶん簡単なんだな」

「でも、裏が出たんです」

「裏は死ぬか？」

「ええ。当たっちまったんですね」

おもとは肩を落とした。へぼ易者などと悪態をついても、殺されたことへの同情は感じているらしい。

「ちっと、これを見てもらいてえんだが」

竜之助は、一斎が書き遺した紙を見せた。

血がついている。かわいてはいるが、茶色に変わってもやはり禍々《まがまが》しい血の匂いを漂わせている。

「これはあんたの生まれた年や住まいで間違いないね」

「ええ。あたしの言うままに書いたものですよ」

「一斎はこれを見て、どんなふうに占ったんだい？」

「ひどいもんですよ。気がきついなあ。男は怖がるぜって。もうちょっと物言いをやさしくしないと駄目だって。ああ、なんだかいま思えば、親身な忠告だったかもしれませんね」

おもとはそう言って、たもとで目をおさえた。

「でも、運気はいいって。金もしばらくはどんどん入ってくるって。それで調子に乗って使うと、今度はいっきに金運も下がるんですって。使えない金じゃ、稼いでもつまんないって言ったら、一斎さん、笑ってましたっけ」

「当たってるかい？」

「当たってるね。ただ、ふつうの易者はあそこまで言わないよ。もうちっと遠慮して言うもんだがね。あいつは遠慮ってものがないわね。逆にだから信じられるってえのもあるんだけどさ」

「なるほど」

一斎が見たおもとの占いも、さっき広心堂と天兆斎が言っていたこととよく似ていた。

もう一人の男の観立ても、広心堂と天兆斎が観たものとそうは違わないのだろう。一斎の場合は、それを取り繕ったりせず、えぐるような言葉で告げてしまったのではないか。

ただ、一つ気になるのは、広心堂が途中でやめた言葉である。一斎ならわかったかもしれないという「特異な能力」とは何だったのだろう？

「じゃあ、旦那」

それまで黙って話を聞いていた文治が、竜之助を呼んだ。

「おう」

「あっしはもう一人の男を探してきます」

「ああ。おいらは一斎の家に行ってるよ。近所の連中にも話を訊きたいしな」

「わかりました」

文治はおもとの家から一足先に出て行った。

探すべき男は――。

三河町二丁目に住む天保五年生まれの三十歳。

目が細く、口はへの字になっている。

おもとが見たのがその男なら、武士かもしれない。町人地に住む武士ということは、すなわち浪人者。

文治ならそう時間もかからず、探し出せるはずだった。

ただ、お寅《とら》と養っている子どもたちが住む巾着《きんちゃく》長屋に近いのが気になった。

――危ないことに巻き込まれなければいいのだが……。

竜之助はあとで顔を出してみようと思った。

六

加藤文蔵は、頭が痛くて目が覚めた。

陽はとうにのぼっている。

甕《かめ》に水はなく、つらかったが、ふらふらしながら井戸端に出た。

水を汲み、手ですくって飲んで、顔を洗った。

左の二の腕のところにかなり血がついていた。昨夜、帰り道で洗ったつもりだが、洗い切れなかったらしい。

着物もずいぶん血を吸っていた。黒だから目立たないが、袖の色が茶色っぽく変わり、ごわごわしている。錆《さび》の匂いはまさしく血の匂いである。

これは水に浸けておいて、もう一枚の着物に着替えるしかない。

頭から水をかぶろうかとも思ったが、もっと頭が痛くなりそうだった。

部屋にもどってまた横になった。

昨夜の手ごたえが嫌な感じでよみがえってきた。

人を斬ったのは初めてではない。京に行っていたときは四人ほど斬った。ただ、たいして意味もなく、しかも町人を斬ったのは初めてだった。あとは皆、二刀を差していた。

いや、怒りにまかせて斬ったのだから、意味がなかったわけではないだろう。怒りの対象が違ったのだ。おれは、あの薩摩藩士である大きな男に対して怒っていた。

そこをさらに、あの占い師に「物真似がうまい」だの「もう逃げるしかない」だのと言われて、頭に血がのぼってしまったのだ。

いまごろは町方が駆けつけ、騒ぎになっていることだろう。

わしのところにたどり着けるだろうか。

――待てよ。

大事なことを忘れた気がする。

あやつに占ってもらうときに、生まれた年だの、いまの住まいだのを訊かれた。それに答えたことを、あやつは紙に記していた。

その紙があそこに置きっぱなしになっているのだ。

住まいが三河町二丁目。生まれは天保五年。しかも、かんたんな人相に手相まで入っている。

岡っ引きどもが手分けして探せば、間違いなくおれのところにやって来るだろう。

——どうしよう。

だが、あそこに紙があったからとて、下手人だとは限らない。

そうだ。しらを切ればすむことだ。

おっと、刀の血脂《ちあぶら》はきれいに始末しておかなければならない。

まったく面倒なことだ。

つかなければならない嘘と、こまごました細工のことを思ったら、急に嫌気が差した。

別に町方なんか来てもかまわない。しつこく言うなら、斬ってやってもいいのだ。そう。次から次に斬るまでのことだ。

加藤文蔵は自棄になっていた。

七

竜之助は皆川町の森一斎の長屋にやって来た。

すでに早桶に入った遺体は、長屋に安置されている。

広心堂と天兆斎の夫婦が、お通夜と葬式のため、片づけをしているところだった。

「書物が凄いな」

と、部屋を見まわして、竜之助は言った。

四畳半と台所を兼ねた板の間だけの部屋だが、壁の一方は積み上げられた本でいっぱいだった。

ここに早桶を入れたから、弔問客などは一人ずつ入ってもらうのが精一杯だろう。

「一斎さんは勉強家でしたからね」

広心堂が言った。

「ほんとに運命を知りたかったんだよね。酔うとその話しかしなかったもの。人間は大きなものにあやつられてるって」

天兆斎が言った。

あやつられて、あんな死に方をしてしまったのか。

「もともとはお侍の家柄ですよ。お父上が浪人し、一斎さんも長く仕官をのぞんでいたはずですがね」

「そうだよ。それはあたしもちらっと聞いたことがある」

「ふうん」

　であれば、もし相手が浪人だったら、そういう気持ちもわかるのではないか。斬られるほど怒らせるというのも、竜之助は不思議な気がした。

　早桶の前に小さな位牌が置かれている。

「それは？」

「片づけてたら見つかったんです。一斎さんの子どもだったみたいですね。三歳のときに亡くなったとあります」

「そういう話はしなかったんです。結婚していたこともあったんですね。あたしたちはてっきりずっと独り者かと思ってました」

　亡くなって初めてわかることもいっぱいあるのだろう。

　話したくないことを胸に封じ込めて、何も語らずに逝《い》ってしまう。そんな人生さえも、どこかで見ていてくれる存在というのはあるのだろうか。

　一斎が知りたかったのは、運命というよりそういう存在ではなかったのか。

「いま、あの紙に書いてあった女と会ってきたんだがね」

「ああ、はい」

「あんたたちが言ったことは、ほとんど一斎の言ったことと重なっていたよ」

「そうでしたか」

「だから、もう一枚のほうも同じようなことは言ったんだろうが、もっと的中したのかもしれねえな。いちばん言って欲しくないことをえぐるように。それで、いったんは立ち去ったのに、わざわざもどって来て、一斎を斬ったのかもしれねえのさ」

「へえ」

「あるいは、あんまり当たっていたから、自分のことを知っているのではないかと思ったのかもしれねえ。もし、そいつが後ろ暗いことをしていたら、一斎の口を封じようとするんじゃないか」

竜之助はそう言って、自分でも背筋が寒くなった。

なんという運命なのだろう。

「なんかわかる気がします。ずうっと占いをしてますと、そういうときってあるんですよ。何年に一度くらい。勘がやたらと冴えちゃって、当人が隠してることだろうが、ばれたら罪になることだろうが、どんどん当たっちゃう」

「ほう」

「ほんとならそういうときは休んだほうがいいのかもしれないけど、なんせ貧乏人なんでね。出ちゃって、余計なことまで当てては、変な恨みまで買ったりしちゃうんです」

広心堂がそう言うと、

「占って欲しくて来る人は、やっぱり必死の思いがあるから、言動には注意しなくちゃならないんだろうね」

と、天兆斎はつぶやいた。

「一斎は言わずもがなのことを言ってしまったんだろうな」

「なんだか、悲しい商売だね、あたしたちは」

占い師の夫婦は元気をなくしてしまった。

「でも、どんな商売でも、そういうところはあるんじゃねえのかい」

と、竜之助は言った。同心だって、突っつかなくていいことまで突っついて、血だの膿《うみ》だのを出してしまう。そのままにしておけば、自然と治っていくことだってあるに違いないのに。

八

「同心さまが来てませんか？」

と、顔を出した者がいた。

「いるぜ」

「本銀町の番屋の者ですが」

「どうしたい？」

「じつは、昨夜の殺しの現場近くで飲み屋をやっているおやじなんですがね」

番太郎がそう言うと、後ろからやけに顔の艶《つや》がいい五十くらいの男が顔を出した。

「あ、どうも。ちょっと気になることがあったもんで」

「おう、聞かせてくんな」

「昨夜、うちの店に浪人者ふうの男が来ましてね。手桶に水を汲んでくれと言って、外で手を洗っていたんですが、なんかぷぅーんと血の匂いがしたんですよ」

「ほう」

「黒い着物で目立たなかったんですが、胸のあたりも血がついていたように思いました。それから店に入って来ましてね」

「酒は飲んだのかい？」

「ええ。せっかくの酒なのにまずそうにね」

「ほかに気づいたことはなかったかい？」

「五合ほど手酌で飲んで出て行ったのですが、帰るまぎわにつぶやいた声が聞こえました」

「なんて？」

「北辰の剣がこのざまかよと」

「北辰の剣が……」

気になる言葉である。

北辰一刀流とは数カ月前に戦っていた。

また、どこかで襲ってくるかと思ったが、以来、現れていない。そのかわり新陰流の不思議な遣い手に襲われていた。

「それだけお伝えしておこうと思いまして」

おやじはそう言って、番太郎とともに引き返して行った。

九

まだ陽のあるうちから加藤文蔵は酒場に来ていた。

長屋のあたりを岡っ引きがうろうろしはじめ、落ち着かなくなってきた。

この二、三日でどれくらい飲んだだろう。一升や三升では足りない気がする。また、こういうときはいくらでも入っていく。

「よう、加藤」

誰かが呼んだ。酔眼《すいがん》を凝らした。

向かいの縁台に見覚えのある男がいた。

「あんたは、坂本《さかもと》……」

鍛冶橋《かじばし》に近い桶町《おけちょう》の千葉《ちば》定吉《さだきち》道場でいっしょだったおとこである。

不思議な男だった。

性格だけでなく剣も不思議だった。融通無碍《ゆうずうむげ》だが、それでいてまぎれもないこの男の剣なのである。

自分の剣は一度、立ち合えば、その相手とそっくりの剣さばきができるようになる。その者の手癖、足癖が手に取るようにわかってしまうのだ。

まるで他人そのものの剣になってしまう自分の剣とは反対に、この男の剣はどう崩しても、どう変化しても、この男の匂いがした。

似て非なるものという言い方があるが、おのれの剣と坂本の剣がそうだった。

「何してるんだ、いま?」

と、坂本が訊いた。

「たいしたことはしておらぬ。おぬしは？」

「うん。船に乗っちゅう」

嬉しそうに答えた。

「船に？」

「いまも大坂から船で来て、江戸で用を足したらすぐにもどる。昨日、今日は昔の友だちを訪ね歩いていた。今日もここで一人と待ち合わせているのだが、来そうもないかもしれぬ」

「面白そうだな」

加藤文蔵がそう言うと、坂本は静かにうなずいた。

「そう言えば、あんたの剣も面白かったな」

「面白い？」

「ああ、立ち合っているうち、こっちの癖をすっかり飲み込んで、鏡のようになってしまったではないか。鏡の剣とでも言うべきかね」

坂本の口調には非難の気配はない。本当に面白い剣だと思っていたらしい。

「ああ、別にどうしてもそうしようと思っているわけではないのだがな」

「だとしたら、天賦《てんぶ》の才だ。大事にしたほうがいい」

「大事にね」

鼻で笑った。

こんな剣を大事にして、いったい何が起きるというのか。

せいぜい易者を斬るくらいが関の山なのか。くだらぬことだった。

「徳川には秘剣があるのだ」

加藤は呂律《ろれつ》の回らない口調で言った。

「秘剣？ ああ、それはわしも聞いたことがあるぜよ」

「おれはそれを打ち破る」

「ふうん」

「それで徳川は敗者となる。京くんだりでわめいているのは馬鹿だ」

そうなのだ。勤皇《きんのう》の志士とやらが、よってたかって騒いでみても、まだまだ徳川家を倒すことなどできずにいる。だが、江戸で徳川の秘剣を打ち倒せば、天下の趨勢《すうせい》はいっきに動くのだ。

あの大きな男はなぜ、そこまでの仕事をおれにやらせなかったか。もう理由はわかっている。倒幕の第一級の手柄がこのおれに寄することになってしまうからだ。

「秘剣に勝ったからといって、何かが変わるかな？」

「どういう意味だ？」

「いや、それでこの国がもっといい国になるのかなと思っちゃ」

「……」

加藤は坂本の言うことがぴんとこなかった。勝つか負けるかというときに、何か頓珍漢《とんちんかん》な説教をしようというのか。

「そんなことより、わしはいまから、あいつをおびき寄せてやる。そのためなら、何人でも叩き斬ってやる。そうやって、薩摩のあの馬鹿でかい男を見返してやるのだ」

「おびき寄せる？」

「そうさ。風鳴の剣の遣い手をな。そいつは、町方の同心をしているらしく、もしかしたら、いまごろはわしを追いかけているのかもしれないのさ」

「おぬし、追われるようなことをしたのか」

「まあな」

「そりゃあ、いかんがよ。逃げないのか？」

「逃げる？　冗談《じょうだん》じゃねえ。易者みたいなことを言うな。早く探し当ててみろってんだ。今度こそ斬り捨ててやるさ」

加藤は低い声で息まいた。

「加藤」

坂本が呼んだ。

「なんだよ」

「落ち着け。頭を冷やせ」

「そんな場合か」

「それより、船に乗れ」

「船だと」

「ああ、つまらぬもやもやが吹っ飛ぶぞ。船はいい。海はいい」

坂本は遠い目をして言った。

「けっ」

と、加藤は言った。

十

竜之助は、三河町の裏手にある通称巾着長屋にやって来た。

いつもはたいがい子どもの誰かが外で遊んでいたりするが、今日は姿が見えない。家をのぞくが、お寅の姿もない。

——はて、みんなでどこかに行ったのかな。

戸はいつもの通り、開けっぱなしである。「スリの長屋が泥棒に入られたら、それはお供えといっしょだ」と、お寅が言っていた。

竜之助は、上がりかまちのところに腰を下ろし、誰かが帰るのを待つことにした。

子どもたちがいないと、この長屋は静かである。

お寅が面倒を見てきたスリたちは、いまごろ両国《りょうごく》や浅草《あさくさ》に働きに行っているのだろう。

もっとも、お寅はいまや、スリの技を教えるのではなく、田舎に帰るよう諭《さと》したり、足を洗ったあとの働き口を探してやったりと、更生の手伝いをしているようなものだ。

——お寅さんは面白い人だ……。

ここにじっとしていると、竜之助はなんだか懐かしい感じがしてきた。それもそうで、去年、柳生全九郎に左手を斬られたとき、ここでずっと寝ていたのである。

あのとき、親身になって看病してくれたときのことが、心の奥のほうに思い出として残っているのか。

いや、なんだかもっと前からお寅さんと知り合いだったような気がするのはなぜだろう。

——ん？

奥のタンスのあたりに不思議な色があるのに気づいた。

タンスは五尺ほどの高さで引き出しが五段分ほどある。不思議な色はその上にあった。

窓から外の光が入り、そのものに当たって反射しているらしい。夕陽のような赤い色である。外の陽はずいぶん翳《かげ》りつつあるが、赤い色はない。

——ギヤマンか何かかな？

竜之助は立ち上がって、その光のところまで行った。

「数珠《じゅず》ではないか」

と、手に取った。

それには見覚えがあった。

田安家に女中勤めをしていた際に、幼い自分を育ててくれたまさ江《え》が持っていた数珠。夕陽のような赤い色をしたギヤマンで、中の一つには黒い竜が封じ込められている。

――間違いない。

それをなぜ、お寅が持っているのだろう。

ふと、占い師の天兆斎に言われたことを思い出した。

不思議だった。

「ほんとの母は、意外に近くにいますよ」

と、そうは言わなかったか。

「逢えますよ、きっと」とも。

あまり本気では考えなかった。

――だが、まさかお寅さんが……。

そのとき、出入り口のところで、じっとこちらを見ている女――お寅に気づいた。

十一

「福川さま……いらしてたんですか？」

と、お寅は笑顔を見せて言った。

「うん。近所に来たもので、立ち寄らせてもらったんだ」

「いま、お茶を」

お寅は湯をわかそうとする。

「そんなことはいいんだ。それより、この数珠なんだがね」

竜之助は陽に透かすようにした。きれいな夕焼けが数珠の中に見える。

「ああ、はい」

「わたしの知り合いが持っていた数珠と同じなんだ」

「そうですか。じゃあ、別にめずらしいものではないんですね。このあいだ、あたしは浅草の夜店みたいなところで買ったんですよ。そこそこいい値段でしたが、めずらしいし、きれいだしと思ってつい買ってしまいました。でも、やっぱり失敗でしたね。どうも買いものが下手でねえ」

「そうなのか」

　こんなきれいな色のギヤマンだし、中には竜があるし、竜之助もとくに謂《い》われのあるものだと思っていた。だから、まさ江は大事にしていたのだろうと。

　ちょっとがっかりした。

「そういえば、子どもたちも見かけないね」

「ええ。大海寺に行ってますよ」

「五人とも？」

「はい。いままではあたしが読み書きを教えてきたのですが、なんせあたしですからね。そろそろちゃんとした手習いに通わせようと思って、雲海和尚に相談したら、うちで教えてやると。月謝のことを心配したら、そんなものはいらないとおっしゃってくれて」

「あの和尚に習うのかい？」

　それもまた心配ではないか。

「大丈夫ですよ。それに福川さまは信じられないかもしれませんが、雲海和尚さんは素晴らしく優秀なお坊さんなんですよ」

「そうかなあ」

首をかしげた。

「嘘じゃないですよ。去年あたりまでは鎌倉の大きなお寺に、禅の講義をするため、何度も通ったそうです」

「それはちょっと、にわかには……」

信じられない話である。

「それに、狆海さんも教えてくださるそうですから」

「ああ、狆海さんが教えてくれるのはいい。和尚よりよほどちゃんとしたことを教えてくれそうだ」

「今日は最初なので、もうすこしいろいろ聞いてからもどって来ると思います」

「そうかい。もしかしたら、この近所で捕り物騒ぎがあるかもしれないんでね、もどったらあまりうろうろしねえように言っといておくれよ」

「まあ、わかりました」

お寅に送られて、竜之助は外に出た。

だが、しばらく行って立ち止まった。

――このあいだ、浅草の夜店でだって？

近ごろのお寅は、五人の子どもたちの世話でてんてこ舞いをしている。浅草の夜店をのぞきに行く暇なんてとてもありそうに思えない。

何か釈然としない気持ちだった。

福川竜之助を送り出して、お寅は慌てて数珠をたもとに入れた。

子どもたちがばたばた騒いでいたので、つい忘れて家を出てしまったのだ。ふだんなら外出するときはかならず持って出ていた。竜之助の無事を祈るとき、いつもこの数珠を腕にかける。これを忘れたことに気づいたので、一足先に帰ってきたのだった。

田安の家を出るときは、放り出すようにしてきたが、いまは竜之助とつながっている唯一のもののような気がしている。

竜之助がこれをじっと見ていたときは、ドキッとしたが、なんとかうまくごまかすことができた。

――それにしても、このあたりで捕り物とは何だろう?

お寅は数珠を手にかけ、うつむいて竜之助の無事を祈った。

十二

竜之助は巾着長屋を出ると、三河町の番屋にやって来ていた。

「福川、ここにいたか」

矢崎三五郎が顔を出した。大滝治三郎もいっしょである。

「あれ、どうしました？」

「怪しい脱藩浪士を追っているのだが、この何日かはこのあたりにいるらしいのさ」

「脱藩浪士が？」

「大物だぞ。もっとも、幕府の軍艦奉行とも親しかったりして、よくわからねえ野郎だ。それだけに、何をしでかすかわからねえんだがな」

「それが神田に？」

異人が出没したりするところならともかく、こんな神田の奥まで何をしに来たのか。

「そう。どうも、昔なじみがここらにいるらしい。人相書もあるぞ」

それを見せてくれた。

総髪である。細い目。口はへの字に曲がっている。色は黒いらしい。

「どうだ、福川、占い師が描いた絵と似てるだろう？」

と、大滝が言った。

「ええ」

これだけではわからないが、たしかに似ていなくはない。

「北辰一刀流の遣い手らしい」

「この男が」

以前、襲ってきた男のことをどうしても思い浮かべてしまう。それに、一斎の傷にしても、ただ一太刀であそこまで深く斬るのは、容易なことではないのだ。よほどの遣い手と見ていい。

となると、この男を疑うべきなのか。

「名は？」

竜之助は訊いた。

「坂本竜馬《りょうま》」

と、矢崎が言った。

十三

文治は、男の部屋をのぞいて、

——こいつだ。

と、すぐに思った。

三河町には意外に浪人者が多く、ずいぶん探しまわってしまった。だが、今度は間違いない。

部屋中に血の匂いがしている。土間に置いた手桶に、黒い着物が浸けてあるが、その水は赤茶色に濁っていた。

住んでいる者のすさんだ気持ちがにじみ出ている部屋だった。

酒どっくりがいくつも転がっている。

襖に一筋、刀で斬りつけた痕がある。

気味が悪いのは、明らかにちょん髷と思われる髪の束が、隅に四つほど落ちている。

そういえば、近ごろ、柳原土手に現れる辻斬りが、武士のちょん髷を抜き打ちで切り落とし、金をせびっているとの話を聞いた。

相手が誰なのかは、町方に届けがないのでわからない。武士もちょん髷を切られたとあれば大恥をさらすようなもので、付け髷あたりでごまかしているのだろう。

——それもこいつか。

文治は外に出て、井戸端にいたおかみさんに声をかけた。

「そこに住んでいるのは浪人者かい？」

訊きながら、十手を見せる。

「あ、はい」

すでに怯えている。その男が怖いのだろう。

「いくつくらいだい？」

「三十くらいかと」

「目が細く、口はへの字？」

「ああ、そうですね」

「名はなんていうんだい？」

「加藤さん……下はたしか文蔵とおっしゃったような」

「住人に迷惑をかけたりするのかい？」

「とくには……ただ、雰囲気が怖いもんで」

「出かけてるみてえだな」

「さっき出て行ったみたいです。このところ、毎晩飲んで、遅くに帰ってきてましたが」

「おう、ありがとうよ」

長屋にもどったところで声をかけることになるだろうが、だいぶ人手を集めなければならないだろう。

文治は三河町の番屋に向かった。

十四

加藤文蔵は、坂本より一足先に飲み屋を出た。だいぶ酔いがまわってきている。だが、足がふらついたりはしない。むしろ、身体はこのへんからよく動くようになるのだ。強張っていた身体が、のびやかになっていく。

どうも、あの坂本といると調子が狂った。

「馬鹿かもしれぬな、あれは」

と、加藤はつぶやいた。もっとも、坂本のような馬鹿は憎めない感じがする。

「憎らしいのは薩摩のあいつ」

都々逸《どどいつ》でも唄うように言った。

じつは名前も知っている。西郷吉之助。もっともあいつらの名は、本当かどうかわからない。どっちにせよ、口にしたくもない。

やはり、あの馬鹿でかい男は、おれを舐《な》めやがったのだ。

江戸の徳川と、尾張の徳川を、煽《あお》って、煽って、あとはかまうなだと。

おれは火付けか、盗賊か。

今度、江戸に現れたら、かならず西郷を斬ってやる。だが、その前に徳川竜之助を斬ってやる。風鳴の剣とやらを破ってやる。

「さて、ここらでおびき寄せるか。同心の徳川竜之助さまを」

昨夜、占い師を斬った主水橋にも近い。おそらく、町方はここらをうろうろしていることだろう。

前から男の二人づれが来た。仕事帰りの職人らしく、楽しそうに話している。

加藤はゆっくり近づいた。

「ちと」

声をかけた。

「何か？」

足を止めたとき、加藤の剣が閃《ひらめ》いた。

一人は肩から胸へ。もう一人は逃げようとした背を。

二人ともすぐに倒れた。

「さあ、斬って、斬って、斬りまくってやる。徳川竜之助。早く来い」

加藤文蔵は、真っ赤な顔で吠えた。

十五

呼び笛がしきりに鳴っていた。どこかで異変が起きたのだ。

竜之助は裏町をひた走った。

角を曲がったところで、

「おっと」

男と行き合った。

大男である。肩が盛り上がり、無駄な肉がないのも見てとれる。細い目。口はへの字に結ばれている。

向こうで声がしている。

「人が斬られているぞ！」

「早く町方を呼べ」

男はちらりとそっちを見て、顔をしかめた。

「まずいな。誤解されそうだ」

「そこに血がついてますね」

竜之助は男の腹のあたりを指差した。

「わしが来たときはもう斬られたあとだったがよ。抱え起こしたが、首を垂れた」

「ちと、そっちでくわしい話を」

「いや、困る。急いで船にもどらなくてはならんちゃ」

「船に？」

「ま、あまりくわしくは言えぬのだが」

「そうは行きませぬ」

竜之助は男の逃亡を邪魔するように足を動かした。

「通してくれよ」

「できませぬな」

「たぶん、おまんは違う男を追ってるんだ」

「違う男？」

「わしと同じく北辰の剣を遣うのだが、どうもいろいろ苦労して、気が立ってしまったみたいなんだ。京あたりは、あんなのばっかりぜよ。そやつ、秘剣にめぐり会いたくて、そのためには何人でも斬ってやると息まいていた」

「秘剣ですって」

「将軍家に伝わる秘剣だそうだ。名は風鳴の剣」

「それを知っているということは……」

この数カ月で、夜の路上で二度、襲撃された。

最初の剣が北辰一刀流だった。

やはり、この男だったのかもしれない。

そのとき、左手のわき道から子どもの声がした。

「福川さまだ」

「福川さま」

お寅のところの子どもたちが、竜之助を見て駆け寄ってくる。

「来るな。来るんじゃねえ」

と、怒鳴った。

だが、興奮した子どもたちの耳には入らない。

――あいつらに怪我をさせちゃならねえ。

竜之助は刀を抜いた。

子どもたちの足音が止まった。やっと、ただならぬ事態に気づいたのだ。

手で帰れと合図をすると、巾着長屋のほうに駆け去って行った。

「確かめさせてもらいたいことは他にもあるみたいだ。やはり、お通しするわけにはいきませんね」

「抜いたのかい」

「申し訳ありませんが」

男は小さくうなずき、自分も刀に手をかけた。

十六

竜之助は間を詰めた。

相手はわずかに下がった。剣先がかすかに揺れている。北辰の融通無碍とも言える剣。あのときもそうだった。

だが、違うところもあった。

この男の剣には殺気がなかった。

構えもどこかおおらかである。

そう思った途端、上段から振り下ろしてきた。横から叩くようにこれを受ける。

ガチッ。

と、衝撃があり、火花が散った。

相手が下がろうとするのに、下がらせまいと距離を詰め、竜之助は下から剣を撥《は》ねあげた。

受けずにのけぞりながら、相手は足を狙ってきた。すぐさま、上から叩くように受けたが、柔軟な剣さばきである。

いったんともに下がった。

「ああ、おまんがそうかい」

と、男は言った。

「何がだい？」

「噂は聞いたぜよ。さっきの気が立った男にも聞いたが、ほかのやつにも聞いていた。京でもうわさになっていた」

「……」

「徳川のお血筋に、最強の秘剣を伝えられたお方がいると。しかもそのお方はたいそう変わっていて、町奉行所の同心に身をやつし、巷《ちまた》の弱き者のために奔走しているのだとか」

「ほう。そんなお人が」

「そんな荒唐無稽な話を信じられるか、というやつもいた。だが、わしは信じた。荒唐無稽だから信じた。ちっぽけな世界にしか住もうとしないやつは、荒唐無稽を信じない。だから、この世を変えようともしない。この世がいかに柔らかくて、いかようにも変えていけるってことを」

「そのあたりは同感だよ」

「嬉しいじゃねえか。徳川にもちゃんとわかってくれる人はいるんだよな」

男は笑った。

――この男は違う。

と、竜之助は思った。あんな辻斬りをするような男とはまったく違う。大きなやりたいことがあって、そのために生きている。

「だが、遣いたがらないらしいな。その秘剣というやつを」

「……」

うわさはそこまで伝わっているらしい。

「なんだかいろいろあって封印しちまったらしい。気持ちはわかる気がする。でも、遣いようなんじゃないのかね。徳川さん。使いなよ。その秘剣てやつを」

「あなた相手に?」

「わしじゃない。わしなんかに遣ったってしょうがないきに」

「……」

「意地張っちゃいけねえ。徳川の武士のよくないところは、意地を張りすぎるってところだ。武士ならおのれの矜持《きょうじ》がいちばんかい? 違うだろ。同心なら、この世のために、弱き者のためにがいちばんだろ? 遣うべきときがきたら、何だって遣ったらいいんだ。遣えるものは何だって。弱き者のためだっちゃ」

「弱き者のために……」

胸の中で、何かが溶けたような気がした。詰まっていたものがすっと落ちていったようだった。

——そうか、遣ってもいいのか。

目的さえ正しければ、血のにじむほどの苦労で完成させたこの秘剣を、遣ってもいいのか。弱き者たちが必要としているのであれば遣えばいいのか。

――むしろ、柳生全九郎もそれをのぞんでいるのではないか……。

竜之助は剣をおさめた。

「坂本竜馬どのですね？」

竜之助の問いには答えず、

「なぜか、この数日、町方に追いかけられてるのさ」

と、笑った。

「土佐藩の脱藩浪士の大物。何をしでかすかわからない人ということみたいです」

それは違う意味で当たっているかもしれない。一般にはあまり使われていないが、『平家物語』や『徒然草』にも出てくる〈自由〉という言葉がある。「意のままに」とか「自在に」といった意味だが、その〈自由〉を感じさせてくれる人だった。

「では」

男が立ち去って行く。追う必要はない。

その後ろ姿を見て、徳川竜之助は、

——まるで竜のようだ。

と、思った。

十七

また笛が鳴った。

「いたぞ、こっちだ」

竜之助は駆けつけた。

主水橋の上だった。男は橋の真ん中にいて、両方の橋のたもとから捕り方に攻められていた。

だが、橋のたもとにはすでに七、八人の捕り方が倒れている。

もう何人も斬られていた。大滝治三郎が肩のあたりから血を流し、後ろに退いていた。

文治もいた。

「旦那。この男に間違いありません。名は加藤文蔵です。一斎の紙に残っていた男です」

「うるせえな」

文治に刀は届かず、近くにいる者に斬ってかかった。

「あっ」

また一人、小者が斬られた。

真っ向から頭を断ち割られた。あれでは明らかに助からない。

北辰一刀流である。

だが、あの坂本の剣とはまるで違う。この男の剣には、のびやかさがなかった。ひたすら血を求める剣。

次々に町方の者が斬られていった。

竜之助が前に出た。これ以上、人を斬らせるわけにはいかない。

「福川、気をつけろ。こやつ、恐ろしいくらいの遣い手だ」

大滝が言った。

「わかってます」

「やっと出てきたか」

竜之助の顔を知っているのだ。すなわち、初めて会うのではない。

「前にわたしを襲ったのもそなただな」

「さよう。あのときは、柳生新陰流の真髄を身につけさせてもらった」

「やはり」

「それで柳生のもうひとつの秘剣、雷鳴の剣を会得した」

「なんと」

これが占い師の広心堂が言っていた「特異な能力」というやつだろう。まるで鏡のように真似てしまう。一斎はそれを揶揄《やゆ》するように指摘したのではないか。挙げ句には、斬られて死ぬ羽目になったのだが。

「雷鳴の剣などくだらぬ技だよ。ほれ、こうするのさ」

頭上で交差した刃から光が散りはじめた。かすかに残る日差しがその二刀に集められ、最後のあがきをしているように見えた。

「ほら、秘剣を早く遣うがよい」

「そうさせてもらおう」

竜之助は刀を抜き、刃を寝かせるようにした。

あの剣を遣わなければ、この男は倒せない。すでに羅刹《らせつ》のようになっている。もはや人ではない。

風を探るようにする。

やがて刃は泣いているような音を立てはじめた。

左手はまだ、柄を強く握ることができない。右手を支えるだけである。それでも、剣の速さに耐えられるのか。

「待ってたぜ、それを」

加藤文蔵は嬉しそうに笑った。

「弱き者のために……」

と、竜之助は言った。

「風鳴の……」

加藤がその名を言おうとした。だが、秘剣の名を言わせるつもりはなかった。

いっきに踏み込んだ。

加藤の剣はそれを受けることすらできない。宙を走った竜之助の剣は、加藤文蔵の腹から胸を深々と斬り裂いていた。

本書は２０１０年11月に小社より刊行
された作品の新装版です。

双葉文庫

か-29-53

若《わか》さま同心《どうしん》　徳川竜之助《とくがわりゅうのすけ》【十二】
双竜伝説《そうりゅうでんせつ》〈新装版《しんそうばん》〉

2022年12月18日　第1刷発行

【著者】
風野真知雄《かぜのまちお》

【発行者】
箕浦克史
【発行所】
株式会社双葉社
〒162-8540 東京都新宿区東五軒町3番28号
［電話］03-5261-4818(営業部)　03-5261-4833(編集部)
www.futabasha.co.jp(双葉社の書籍・コミックが買えます)
【印刷所】
中央精版印刷株式会社
【製本所】
中央精版印刷株式会社

【フォーマット・デザイン】
日下潤一

ISBN978-4-575-67136-0 C0193
Printed in Japan

朝井まかて　残り者

長編時代小説

大奥、最後のとき。なにゆえ五人の女中は、御殿にとどまったのか⁉　激動の幕末を生きぬいた女たちの物語。

井原忠政　三河雑兵心得　足軽仁義

戦国時代小説〈書き下ろし〉

苦労人、家康の天下統一の陰で、もっと苦労した男たちがいた！　村を飛び出した十七歳の茂兵衛は松平家康に仕えることになるが……。

井原忠政　三河雑兵心得　旗指足軽仁義

戦国時代小説〈書き下ろし〉

三河を平定し、戦国大名としての地歩を固めた家康。猛将・本多忠勝の麾下で修羅場をくぐる茂兵衛は武士として成長していく。

井原忠政　三河雑兵心得　足軽小頭仁義

戦国時代小説〈書き下ろし〉

迫りくる武田信玄との戦い。家康生涯最大のピンチ、三方ヶ原の戦いが幕を開ける。怯むな茂兵衛、ここが正念場！　シリーズ第三弾。

井原忠政　三河雑兵心得　弓組寄騎仁義

戦国時代小説〈書き下ろし〉

大敗から一年、再び武田が攻めてきた。決戦の地は長篠。ついに、最強の敵と雌雄を決する時が迫る。それ行け茂兵衛、武田へ倍返しだ！

井原忠政　三河雑兵心得　砦番仁義

戦国時代小説〈書き下ろし〉

武田軍の補給路の寸断を命じられた茂兵衛は、森に籠って荷駄隊への襲撃を指揮することに。戦国足軽出世物語、第五弾！

井原忠政　三河雑兵心得　鉄砲大将仁義

戦国時代小説〈書き下ろし〉

信長の号令一下、甲州征伐が始まった。徳川に寝返った穴山梅雪の妻子を脱出させるため、茂兵衛は武田の本国・甲斐に潜入するが……。

風野真知雄　わるじい秘剣帖（四）ないないば　長編時代小説〈書き下ろし〉

「越後屋」に脅迫状が届く。差出人はこれまでの嫌がらせの張本人で、店前で殺された男とも深い関係だったようだ。人気シリーズ第四弾！

風野真知雄　わるじい秘剣帖（五）なかないで　長編時代小説〈書き下ろし〉

桃子との関係が叔父の森田利八郎にばれてしまった愛坂桃太郎。事態を危惧した桃太郎は一計を案じ、利八郎を何とか丸めこもうとする。

風野真知雄　わるじい秘剣帖（六）おったまげ　長編時代小説〈書き下ろし〉

越後屋への数々の嫌がらせを終わらせることに成功した愛坂桃太郎だが、今度は桃子の母親・珠子に危難が迫る。大人気シリーズ第六弾！

風野真知雄　わるじい秘剣帖（七）やっこらせ　長編時代小説〈書き下ろし〉

「かわうそ長屋」に犬連れの家族が引っ越してきたが、なぜか犬の方が人間よりいいものを食べている。どうしてそんなことを……？

風野真知雄　わるじい秘剣帖（八）あっぷっぷ　長編時代小説〈書き下ろし〉

孫の桃子との「あっぷっぷ遊び」に夢中になる愛坂桃太郎。しかし、そんな他愛もない遊びが思わぬ危難を招いてしまう。シリーズ第八弾！

風野真知雄　わるじい秘剣帖（九）いつのまに　長編時代小説〈書き下ろし〉

珠子の知り合いの元芸者が長屋に越してきた。いまは「あまのじゃく」という飲み屋の女将で常連客も一風変わった人ばかりなのだ。

風野真知雄　わるじい秘剣帖（十）またあうよ　長編時代小説〈書き下ろし〉

「最後に珠子の唄を聴きたい」という岡崎玄蕃の願いを受け入れ、屋敷に入った珠子と桃太郎だが、思わぬ事態が起こる。シリーズ最終巻！

風野真知雄　わるじい慈剣帖（一）いまいくぞ　長編時代小説〈書き下ろし〉

あの大人気シリーズが帰ってきた！　目付に復帰したのも束の間、孫の桃子が気になって仕方がない愛坂桃太郎は江戸への帰還を目論むが。

風野真知雄　わるじい慈剣帖（二）これなあに　長編時代小説〈書き下ろし〉

孫の桃子を追って八丁堀の長屋に越してきた愛坂桃太郎。大家である蕎麦屋の主に妙に気に入られ、次々と難珍事件が持ち込まれる。

風野真知雄　わるじい慈剣帖（三）こわいぞお　長編時代小説〈書き下ろし〉

川沿いの柳の下に夜な夜な立つ女の幽霊。桃子の夜泣きはこいつのせいか？　愛坂桃太郎は、可愛い孫の安寧のため、調べを開始する。

風野真知雄　わるじい慈剣帖（四）ばあばです　長編時代小説〈書き下ろし〉

長屋の二階から忽然と消えたエレキテル。没収しようと押しかけた北町奉行所の捕り方たちも目を白黒させるなか、桃太郎の謎解きが光る。

風野真知雄　わるじい慈剣帖（五）あるいたぞ　長編時代小説〈書き下ろし〉

長屋にあるエレキテルをめぐり対立してきた北町奉行所の与力、森山平内との決着の時が迫る。愛する孫のため、此度もわるじいが東奔西走！

風野真知雄　わるじい慈剣帖（六）おっとっと　長編時代小説〈書き下ろし〉

日本橋の新人芸者、蟹丸の次兄が何者かによって殺された。悲嘆にくれる娘のため、桃太郎は真相をあきらかにすべく調べをはじめるが。

風野真知雄　わるじい慈剣帖（七）どこいくの　長編時代小説〈書き下ろし〉

江戸の町のならず者たちの間に漂い始める抗争の気配。その中心には愛坂桃太郎を慕う芸者の蟹丸の兄である千吉の姿があった。

風野真知雄

わるじい慈剣帖（八）

だれだっけ

長編時代小説

〈書き下ろし〉

激化の一途をたどる、江戸のならず者たちの抗争。愛する孫に危険が及ぶまいとする愛坂桃太郎だが……大人気時代小説シリーズ、第8弾！

風野真知雄

わるじい慈剣帖（九）

ねむれない

長編時代小説

〈書き下ろし〉

愛孫の桃子と遊ぶことができず、眠れぬ夜を過ごす元同心の愛坂桃太郎。そんなある日、桃太郎はなにやら訳ありらしい子連れの女と出会い……。

風野真知雄

わるじい慈剣帖（十）

うそだろう

長編時代小説

〈書き下ろし〉

江戸の町を騒がす元凶・東海屋千吉との因縁に決着をつけ、愛する孫と過ごす平穏な日常を取り戻せ！　大人気時代小説シリーズ、感動の最終巻!!

風野真知雄

消えた十手

若さま同心徳川竜之助【一】

長編時代小説

徳川家の異端児　同心になって江戸を駆ける！剣戟あり、人情あり、ユーモアもたっぷりの傑作時代小説シリーズ、装いも新たに登場!!

風野真知雄

風鳴の剣

若さま同心徳川竜之助【二】

長編時代小説

憧れの同心見習いとなって充実した日々を送る竜之助の身に、肥後新陰流を操る凄腕の刺客たちの影が迫りくる！　傑作シリーズ第二弾！

風野真知雄

空飛ぶ岩

若さま同心　徳川竜之助【三】

長編時代小説

徳川竜之助を打ち破り新陰流の正統を証明せんと、稀代の天才と称される刺客が柳生の里からやってきた。傑作シリーズ新装版、第三弾！

風野真知雄

陽炎の刃

若さま同心　徳川竜之助【四】

長編時代小説

珍事件解決に奔走する竜之介に迫る、姿の見えぬ刺客。葵新陰流の刃は捉えることができるのか!?　傑作シリーズ新装版、待望の第四弾！

風野真知雄　若さま同心　徳川竜之助【五】　長編時代小説
秘剣封印
因縁の敵、柳生全九郎とふたたび対峙し、徳川竜之助の葵新陰流の剣が更なる進化を遂げる！　傑作シリーズ新装版、第五弾！

風野真知雄　若さま同心　徳川竜之助【六】　長編時代小説
飛燕《つばくろ》十手
江戸の町を騒がせる健脚の火付け盗人の噂。徳川竜之助は事件の不可解な点に気づき、調べを始めるが……。傑作シリーズ新装版、第六弾！

風野真知雄　若さま同心　徳川竜之助【七】　長編時代小説
卑怯三刀流
徳川竜之助に迫る三刀を差す北辰一刀流の遣い手。さらに時を同じくして奇妙な辻斬りが出没し……。傑作時代小説シリーズ新装版、第七弾！

風野真知雄　若さま同心　徳川竜之助【八】　長編時代小説
幽霊剣士
葵新陰流を打ち破るべく現れた、幽鬼の如き剣士。不可視の剣の謎を解き新たな刺客を打ち破れ！　傑作時代小説シリーズ新装版、第八弾！

風野真知雄　若さま同心　徳川竜之助【九】　長編時代小説
弥勒の手
葵新陰流の継承者と、柳生新陰流が生んだ異端児。宿命の2人に遂に決着の時が訪れる！　傑作時代小説シリーズ新装版、驚愕の第九弾！

風野真知雄　若さま同心　徳川竜之助【十】　長編時代小説
風神雷神
死闘の果てに、深手を負ってしまった徳川竜之助。しかし、江戸の町では奇妙な事件が絶えず……。傑作時代小説シリーズ新装版、第十弾！

風野真知雄　若さま同心　徳川竜之助【十一】　長編時代小説
片手斬り
宿敵柳生全九郎の死を知った徳川竜之助は、彼が最後に探ろうとした謎について調べをはじめる。傑作時代小説シリーズ新装版、第十一弾！